SHANGHAI LITERATURE & ART PUBLISHING GROUP

故事会
精品系列

家园故事

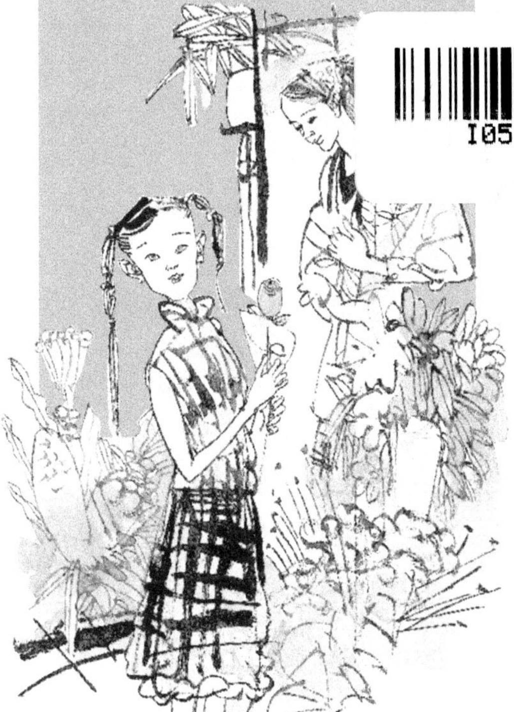

I0529733

上海锦绣文章出版社
上海故事会文化传媒有限公司

上海文艺出版（集团）有限公司

图书在版编目（CIP）数据

家园故事 《故事会》编辑部编 – 上海：上海锦绣文章出版社
（故事会精品系列） ISBN 978-7-80685-858-5

Ⅰ．①家…Ⅱ．①故…Ⅲ．故事－作品集－世界 Ⅳ．I14

中国版本图书馆 CIP 数据核字 (2007) 第 153493 号

丛 书 名：故事会精品系列

书　　名：家园故事

主　　编：何承伟

编　　委：何承伟　吴　伦　姚自豪　夏一鸣

责任编辑：刘迎曦　鲍　放

装帧设计：王　伟

责任督印：张　凯

出　　　　版：　上海锦绣文章出版社

　　　　　　　　上海故事会文化传媒有限公司

POD 海外发行：　中国图书进出口上海公司

　　　　　　　　电话：021–36357888

　　　　　　　　传真：021–36357896

　　　　　　　　地址：上海市虹口区广中路 88 号

　　　　　　　　邮编：200083

目　　录

爱子心切

父母的爱是人世间最神圣的感情，它是永远不会枯竭的，犹如一种巨大的、永恒的、不灭的火焰。

一件红褂子

　　老王的女儿出嫁了。女儿出嫁这天,老王像个受委屈的孩子,缩在屋角里,双手掩面,哭得很伤心。老王的泪水不是悲伤,而是留恋。夫妻俩就这一个宝贝女儿,女儿在他们身边生活了24个春秋,现在要从这座城市嫁到另一座城市,老王当然舍不得。他曾对妻子感叹说:"要是男家离得近就好了,咱家有点好吃的饭菜,我就端着给女儿送一碗!"

　　女儿走了,老王总感到家里空荡荡的,时常一个人望着窗外发怔。有几次,老王夜间醒来,告诉妻子,他又梦到女儿了。平时做饭,老王会不自觉地做三个人的饭,有时打饭也给女儿多打一份。妻子虽说也想念女儿,但不像老王那样"发神经"。

　　女儿出嫁两个多月了,她卧室里的东西仍原封不动地摆在那里。老王爱看书，想把女儿的卧室收拾成一间书房，但走进去看看这，摸摸那，就是不舍得改变原来的布局。妻子见老王"心太软"，这天上午趁他上班的时候，把女儿的卧室彻底收拾了一下，该搬的搬，该卖的卖，快刀斩乱麻，收拾得整整齐齐。

老王下班回来，见女儿的卧室模样大变，书橱一尘不染，写字台也油光发亮，不由咧嘴一笑，可突然，他就发现房间里少了东西，一看，衣橱不见了。他皱眉问道："女儿的衣橱呢？里面还有一件她没拿走的红裰子。"

妻子回答："衣橱搬到咱卧室去了。刚才楼下来了个收破烂的老汉，我想想女儿的这些衣服都过时了，留着也没什么用，还占地方，一狠心，全卖给他了。"

老王一听，瞪了妻子一眼，拔腿就往楼下跑。妻子心中纳闷：不就是一件没用的红裰子吗？卖之前，我口袋都摸过了，里面又没装存折，你急什么？

可是，不管妻子在后面怎么喊，老王就是不回头。他一口气跑下去，向住在楼下的郭大嫂打听，说是收破烂的老汉沿着小巷往东去了，于是就连忙向东追去。

追了足有两公里，老王才找到那个收破烂的老汉。老汉驼背弓腰，瘦骨嶙峋，蹬着三轮车，边蹬边吆喝。老王上前打了个招呼，驼背老汉停下来，问老王想卖什么。老王气喘吁吁地凑到三轮车前，伸手翻找了一阵，终于找到了女儿的那件红裰子。

老王把红裰子拿在手中抖了抖，说："这件裰子，我不卖！"

驼背老汉瞟了老王一眼，说："我不认识你，这裰子是一位老太太卖给我的。"

"那老太太是我老伴。老师傅，你说个价，我把这件红裰子拿回去。"

"我是按斤买来的，七八件衣服才给你老伴六块钱。你单要这一件，价格……"

"一件给你三块,怎么样?"

"不卖!"

"给你六块,总可以了吧?"

"不卖!褂子卖给了我,就得由我当家,给一百块都不卖!"驼背老汉说到这里,冷不丁竟一把将老王手里的红褂子夺了回去。

对方不卖,老王总不能硬抢,急得搓手顿足,一时不知怎样办才好。老王想把这件红褂子拿回去,是有原因的。女儿平时穿的衣服,除了女儿自己买就是老伴给她买,自己唯一给女儿买过的就是这么一件红褂子。三年前,老王到外地出差,在一家服装店里看到这件红褂子,他觉得式样很好看,上面还绣着一朵黄菊花,女儿的小名恰恰叫菊花,于是老王就花三十块钱把它买下了。不料拿回家给女儿一穿,才知道自己把尺寸买小了。不过女儿挺懂事,说:"这是爸爸的一片心,我留着它作纪念吧。"老王猜想女儿出嫁时没有带走这件红褂子,也许是故意留在家里的,睹物思人嘛,所以他无论如何也要把红褂子给追回来。

老王想了想,从兜里掏出一包香烟,堆着笑脸抽出一支,伸手递给驼背老汉。不料驼背老汉把头一扭,拉起三轮车就大步走了。老王不死心,一路跟一路苦苦恳求道:"大哥,求求你,卖给我吧,你说多少钱就给您多少钱!"

驼背老汉依旧对他不理不睬,拉着三轮车径自往前走。他左拐右弯,转了几条胡同,见老王像苍蝇一样盯着自己,于是打住脚步,气咻咻从兜里掏出一卷钞票,回头对老王说:"我身上就这几十块钱了,你拿去吧!"

老王一怔,发火道:"你这个老头真怪,我要回我的褂子,哪要你的血汗钱?你照直说吧,到底要我出多少钱,你才能把褂子还给我?"

"是我怪,还是你怪?花六块钱卖掉的衣服,为什么要花大价钱赎回去?"驼背老汉索性将红褂子揣到怀里,俨然一副啃不动的硬骨头。

老王无奈地叹了一声,只好一五一十将要赎回红褂子的原因向驼背老汉从头到底讲了一遍。驼背老汉听后,眼圈儿红红的,只见他慢慢地从怀里把那件红褂子掏了出来,双手捧到老王面前,说:"拿去吧,你女儿有你这么个爹,会永远幸福的。"

老王接过红褂子,就要掏钱,驼背老汉却板着脸叫道:"你要再提钱,我就一把抢了它!"说完,把脚一跺,扭身就走。

望着驼背老汉的背影,老王不由苦笑一声,摇了摇头。不过他心里总觉得奇怪:按理一个收破烂的,有钱拿有什么不好? 为什么自己愿意多出钱,老汉却不肯把褂子还给自己?

老王拿着红褂子回家,在楼底下又碰上郭大嫂,就忍不住将这件蹊跷事从头至尾向她学说了一遍。郭大嫂听后不由皱起了眉头,她告诉老王说:"这老汉我早就认识,他常在这一带走,得闲时给我唠嗑过。唉,刚才要知道你是为这件红褂子,我就不让你去追他了。"

"为什么?"老王一脸惊疑。

郭大嫂告诉他:"驼背老汉有两个女儿,一个叫大菊,一个叫二菊。五年前,老汉买了一件绣着菊花的红褂子,回家给大女儿穿。二女儿见姐姐穿新褂子,哭着闹着也要,可老汉兜里哪还有钱呀,一气之下也没给孩子解释就打了她一巴掌。后来大女儿出嫁了,二女儿却不知怎么得了白血病,驼背老汉就时常后悔,有时竟怀疑孩子的病是自己一巴掌给打出来的。医治白血病需要好多好多钱,驼背老汉家里一贫如洗,连多一件褂子都买不起,还有什么钱给孩子治病呀? 只好眼睁睁地看着孩子走了。临走前,孩子对她爹说:'姐姐穿上红褂子好漂亮,等爸爸以后有了钱,给俺也买一件,也是红红的颜色,上面也绣一朵黄黄的菊花……'唉,你说当爹的听孩子这么说心里酸不酸? 所以后来驼背老汉发誓,一定要买一件和给大女儿一模一样的红褂子,在二女儿的坟前烧给她,给她还个愿……"

听到这里,老王忍不住插了一句:"大概他后来一直没买到?"

郭大嫂叹息道:"是啊,也真是遗憾,这褂子看看没什么特别,可驼背老汉走遍城里大街小巷,就是没找到。说不定你女儿这件和他想买的式样差不多,否则他不会这么执拗。"

老王一听,立刻掉转身子就跑。还好,那驼背老汉并没走太远,三轮车停在一条巷口的拐角处,他兀自抱头蹲在那里,眼里满是泪花。

老王跑上去,把红褂子塞到驼背老汉手中,恳切地说:"拿去吧,老哥!"

"你……"

"天下做父母的,都是一样的心呐!"老王感叹一声,眼圈红了。他猛地掉转身子,"沙沙沙"一溜碎步就走,任驼背老汉怎么呼唤,也不回头。

(齐运喜)

(题图:黄全昌)

红肚兜

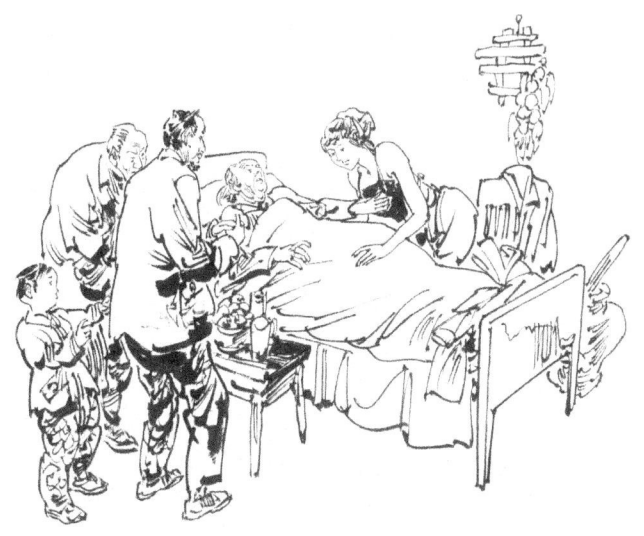

　　大林结婚半年后，就准备告别年迈有病的老娘和有孕在身的妻子小玉，到煤矿去挖煤挣钱，养家糊口。

　　临走前的一天晚上，大林娘把大林叫到房里，拿出一个红肚兜，递到他手里，说："到煤矿打工危险，经常出事……我特地给你做了这个，你把它穿在身上，以后就能够保你平安无事。"红肚兜是当地人用来驱灾避祸的护身符，孩子从小就穿着它，村里老人都说这东西灵验得很。

　　第二天，大林就上了路。可是没想到一个月后，忽然从大林打工的煤矿传来噩耗：矿井发生瓦斯爆炸，好几名矿工在井下遇难，只是到底哪些矿工遇难还没有查清。

　　大林娘听到这个消息，本来已经很虚弱的身子就更像是霜打的禾苗一样,日渐枯萎衰老。但她还是强打起精神来,安慰媳妇小玉说:"别怕,大林没事的。"

小玉眼里噙着泪水,问:"娘,你怎么知道大林会没事的?"

大林娘笑着说:"大林走前,我特地为他做了个红肚兜,只要他穿上红肚兜,就会躲过这一劫,一定会没有事的!"

小玉听后愣了一下,没有说话,只是在心里默默地祈求大林能够逢凶化吉。

没过几天,矿上来了人,找到大林家里,告诉大林娘和小玉:大林在这次事故中已经遇难身亡,他们这次就是来安抚死者家属的,并送来了抚恤金。

小玉一听,当即失声痛哭起来;大林娘则两眼一闭,"嗵"地一头栽倒在地上,不省人事,村里人连忙把她送到镇上的医院。

昏迷中,大林娘一直念叨着:"大林身上有红肚兜,不会有事的,矿上的人一定弄错了,大林没有死,他不会死的……"可是村里人都知道大林遇难是真的,尸体都找到了。

大林娘的情况越来越不好,没有几天,头发白了,眼也瞎了,躺在床上不吃不喝,小玉和亲友只得把大林娘接回家,等着她咽下最后一口气。可是,就是最后这么一口气,尽管气若游丝却就是咽不下去,大林娘只要神志稍微清醒一点的时候,就会断断续续地呜咽着:"大林不会有事的,他有红肚兜保佑,不会出事的……"

村里人见大林娘咽不下这口气,挺难受的,于是,有人想出个法子,找了一个跟大林高矮胖瘦都差不多的人,穿上别人的红肚兜,然后装扮成大林,走到大林娘的病床前,说:"娘,我回来了,我真的没事,多亏你做的红肚兜保佑了我!"

大林娘听后,高兴地伸出手来,哆哆嗦嗦地摸着红肚兜,她摸索了一阵,又摇摇头,说:"不是,你不是大林……"

人们觉得很纳闷:老人已经好多天不吃不喝,神志越来越糊涂,可她怎么还能认出那人不是大林呢?

大林娘的病更重了,可她就是苦苦地撑着,不咽气。看到她这个样,村里人都难过得直掉泪:这不明摆着,老人是为了等儿子回来,再见上一面呀!

这时,小玉再也看不下去了,她脱下自己外面的衣服,露出了贴身的红肚兜,然后跪在大林娘床头,哭着说:"娘啊娘,我是大林,我回来了,你摸,我还穿着你做的红肚兜哪!"

这时候,大林娘实际上已经分不清谁是谁了,她伸出枯瘦的手,哆哆嗦嗦地摸着小玉身上的红肚兜,上上下下一边摸一边哆嗦着干瘪的嘴,一字一顿地说:"对、对,这才是我的大林,我就知道你不会有事的,我在红肚兜里缝着一个铜钱呢……"说完,老人的脸上露出了安详的笑容,显出很满足的样子,终于头一歪,咽了气。

眼见得这一幕,小玉伤心得伏在大林娘的身上号啕大哭:"娘啊娘,都怪我啊,我不该穿大林的红肚兜……大林走时非要把红肚兜留给我穿,还说这是娘特地为我做的,用来保佑我和肚子里的孩子,想不到他是在骗我。早知道这是娘给他做的,我说什么也要让他穿上,他就不会出事了啊……"

在场的人听着小玉的话,都禁不住流下了眼泪……

(张运国)

(**题图**:刘斌昆)

爸爸给我扎小辫

　　元旦前夕,红苹果幼儿园学前班在小礼堂开联谊会,小朋友们的爸爸妈妈都来了,看着小宝宝们的精彩表演,家长们个个高兴得合不拢嘴。

　　表演快要结束时,主持人李老师微笑着说:"各位家长,下面是一个互动娱乐节目,节目的名字叫'爸爸给我扎小辫'!请女同学的爸爸做好准备……"

　　李老师的话引起台下一片哗然……再看那十几位女孩的爸爸,表情各异,但大多数是满脸的不自在,有的干脆低下头,悄悄请教身旁的"高手"去了。

　　"请爸爸们不要紧张!"李老师说,"我们的规则是:五分钟之内,请爸爸们把自己女儿的小辫子拆开,然后再重新扎起来。哪一位爸爸扎得最快最好，将会获得我们幼儿园特制的《爱心爸爸证书》。"接着，李老师又转过身，对孩子们说："小朋友们，我们大家一起为爸爸们加油，好吗？"

"好！"孩子们高兴地回答，用稚嫩的声音齐声高喊，"爸爸加油！爸爸加油！"尤其是那些小女孩儿，更是兴奋得又蹦又跳。她们排起队，等待自己的爸爸上台。

第一个女孩扎着两个羊角辫，她爸爸似乎很在行，他让女儿坐在板凳上，自己有板有眼地半蹲着，三下五除二去掉皮筋，不一会儿就把辫子解开了。不过，紧接着他可就露马脚了，嘿嘿，解开容易编起来难哟！等好不容易批出一条歪歪扭扭的缝儿，下一步却无从下手了。只见他左也不对，右也不对，窘得满头是汗。时间到了，本来乖巧的羊角辫让他弄得乱糟糟的。小女孩撅着嘴，气鼓鼓地说了声："笨爸爸！"不理他了。

第二位爸爸更离谱，拆开女儿的辫子后连皮筋都扎不上，还一不小心揪了头发，小女孩当场就哭起了鼻子。第三位、第四位……爸爸们挨个上了台，可等他们下来时再回头看看这些可爱的小女孩：个个头发一团糟，小嘴儿撅得都能挂上酒瓶喽！真把宝宝们折腾得够呛呀！

现在还有最后一个女孩的爸爸没上场，也只有她的头发还算规整，但保不准一会儿也要"披头散发"了。

只听老师喊那个女孩的名字："刘婷婷！"

"到！"小女孩欢快地跑上台。

李老师知道，整个学前班就数婷婷的头发最难梳，不仅又长又软，而且还是天生的自来鬈儿，别说她爸爸了，就连李老师自己都扎不太好，所以婷婷爸爸一上台，李老师就委婉地劝他"弃权"。可是婷婷爸爸笑了笑，没有作答，而是轻轻地拉着女儿坐下，对她说："婷婷，爸爸今天不讲故事，只梳头，好吗？"婷婷听话地点点头。

接下来的情景,让所有人都瞪大了眼睛!只见婷婷爸爸娴熟地给婷婷解皮筋、松辫子、梳理头发,然后一丝不苟地扎起了辫子,粗糙的双手此刻竟是显得那么灵巧,真是不可思议!细心的李老师还发现,爸爸给婷婷扎的还是四股辫呢!不一会儿工夫,爸爸就把婷婷的辫子扎好了,比原来的还要漂亮!随着李老师一声"时间到",台下不知谁带头鼓起了掌,顿时,掌声响遍了整个礼堂。

李老师走上前,给婷婷爸爸递过一本证书,说:"这《爱心爸爸证书》,您当之无愧!"

婷婷爸爸接过证书,正准备走下台去,却被李老师叫住了:"婷婷爸爸,请等一下!"李老师调皮地眨了眨眼睛,"我有一个问题想问您,从小到大,婷婷的辫子都是您扎的吗?您怎么能剥夺婷婷妈妈的'权利'呢?"

一句话,引来一片笑声,大家疑惑地盯着坐在后排的婷婷妈妈。"不不——找爱人——我——"一着急,婷婷爸爸连话都说不利索了。

"老师,老师!平时都是我妈妈给我扎的,我爸爸只是在冬天给我扎辫子!"婷婷拉着老师的衣角,瞪着大眼睛说。

"噢?是吗?为什么呀?"李老师蹲下身来,奇怪地问婷婷。

婷婷说:"因为——因为我奶奶的脚有病,一到冬天就不能走路啦!爸爸白天很忙,很晚才能回家,所以妈妈每天晚上熬中药给奶奶洗脚,药水很热,经常把妈妈的手烫出大口子,再给婷婷扎辫子会很疼的呀!于是,爸爸就在早上给婷婷扎辫子!"

礼堂里静悄悄的,谁也没说话。片刻的宁静之后,掌声再次响起,经久不息……

(丘不让)

(题图:刘斌昆)

母爱是一座山

　　小时候,在弟弟土蛋还没有出生之前,阿花可是母亲的心肝宝贝。虽然一头毛发又稀又黄,但母亲不嫌弃这个黄毛丫头,常把她抱在怀里亲,自编自唱:"黄丫好,黄丫好,黄丫是妈妈的贴心小棉袄……"那时候的阿花好幸福啊!

　　在农村,夫妻俩头胎如果生的是女孩,政策是允许生第二胎的。母亲不想生了,可父亲想生一个儿子,最后母亲架不住父亲软磨硬泡,这样,在阿花五岁那年,母亲为阿花生了个弟弟,那就是土蛋。

　　在乡下,金贵的孩子取个贱名图的是好养活。自从土蛋出生后,阿花在家中,尤其在父亲心目中的地位就一落千丈了。一次,趁弟弟睡着了,阿花扑到母亲怀里,撒娇说:"妈妈,你抱抱黄丫吧,唱'黄丫好,黄丫好,黄丫是妈妈的贴心小棉袄'……"谁知父亲在一旁听了,把眼睛一瞪,说:"你不见妈妈累得很吗?这么大丫头还要妈妈抱?去,去,帮妈妈把土蛋那几块尿布洗洗……"阿花哭得很伤心,但还是洗尿布去了,因为阿花明白,她再也不是妈妈的贴心小棉袄了。

土蛋慢慢长大了,阿花很喜欢这个弟弟。可土蛋太顽皮了,才点点大就动歪脑筋干"坏"事,干了"坏"事就"栽赃"阿花。可父亲总偏袒土蛋,所以挨骂讨打的总是阿花。比如有一次,阿花家老母鸡孵了一窝小鸡,父母不在时,土蛋就捉小鸡当玩具玩,阿花阻止他,他根本不睬。结果小鸡被土蛋捏死四只,可父母回来后,土蛋却恶人先告状,说小鸡是阿花踩死的。父亲气坏了,就罚阿花跪在门口。阿花流泪辩解,乞求地望着母亲,母亲叹道:"就是土蛋捏死的,也是你黄丫的错呀,谁让你做姐姐的不好好带他……"阿花还能说什么呢?偏心的父母,叫不开的皇天啊!

土蛋特喜欢玩水。阿花家地处江南水乡,门前门后都是水塘,父母很担心,生怕他们的宝贝儿子玩水玩出意外,所以看得紧。可大人总有大人的事儿,后来,这艰巨的任务就落到阿花身上,从此,阿花要一刻不停地看住土蛋,不让他下塘沿玩水。父亲一而再、再而三地警告阿花:"黄丫,你给我记好了,要是土蛋有什么闪失,就要你的命!"阿花也知道自己责任重大,尽心尽力,但可怕的事情还是在土蛋五岁那年发生了。

这年夏天,天特别热,母亲给阿花一根竹枝,说只要土蛋不听话去玩水,阿花就可以用竹枝打他。

那天下午,天出奇的热。阿花从别人那儿借到一本小人书,本想留到晚上看,可实在忍不住,于是就哄土蛋,抠来烂泥教他在家甩泥巴炮玩。这玩意儿土蛋以前没玩过,因此很感兴趣,见土蛋乐此不疲,阿花便放心地看起小人书来,渐渐地就沉浸在书中那曲折生动的故事中了……

等阿花看完小人书，一抬头，糟了，土蛋不见了！阿花忙扔下书，屋里屋外找，没有！她慌了，跑到门前水塘边一看，"嗡"一下头炸开了：只见水面上漂着土蛋穿的那双沾满泥巴的塑料拖鞋……土蛋掉水里了！"土蛋……"阿花绝望地哭喊起来，因为这塘很深，别说小孩，就是大人掉下去也会没顶的。当时正值农忙，大人们都在地里干活，于是阿花边哭边往地里跑。土蛋什么时候掉下去的，阿花不知道；土蛋怎么掉下去的，阿花也不知道；肯定是土蛋不想玩泥巴炮了，便偷偷去洗手，如果阿花不是在看小人书，他就下不了塘沿……土蛋淹死了！土蛋肯定淹死了！土蛋淹死了，那父母还不把自己打死？这么一想，阿花的腿就越来越软，再也跑不动了。怎么办？阿花不想被父母打死呀！为了活命，于是她掉头拼命往村外跑……在离村子十多里的地方有个火车站，阿花跑了去，后来钻进一节货车车厢，阿花不知道这火车要开往哪里，当时只有一个愿望：我要跑得远远的，不能让父母找到，找到就没命了……

就这样阿花被火车带到千里之外，最后是一对好心的夫妇救了阿花。他们都是铁路工人，发现阿花时，阿花已经气息奄奄。后来，他们要送阿花回家，可阿花哭着就是不说家里的地址，阿花不能回家啊！再后来，他们就收养了阿花，他们没儿女，阿花就成了他们的女儿。从此，阿花有了一个新的名字！可多少次阿花在梦中哭醒，在千里之外，还有一个魂牵梦绕不敢回的家，那里有阿花的亲生父母，还有一个因为她而被淹死了的叫土蛋的弟弟……今生今世，她不敢回可也不敢忘呀！

一天，两天……一年，两年……日子难过也这么过去了。阿花念完小学，念完初中，又念完高中，考上了一所名牌大学。

这天，阿花在图书阅览室翻阅报纸，猛地看到一则关于家乡受灾的报道，阿花的心揪起来了，一连几天，神不守舍……

　　阿花决定回家看望她的亲生父母。阿花小心地和她的养父母说起自己的身世和想法，谁知两位老人很大度："丫头，你怎早不跟我们说这些呢？这些年来可苦了你了。土蛋淹死你是有责任，但虎毒还不食子呢，哪能真打死你？你想回你亲生父母身边，我们没意见，只是以后有空了，别忘了回来看看我们哟！这儿还有你一个妈、一个爸……"听了这话，阿花的眼泪不禁滚滚而下。

　　阿花终于踏上了回家的路。十多年了，尽管家乡已发生巨大变化，盖起了一栋栋楼房，但到了村口，阿花还是一眼就认出绿树丛中的家，热泪夺眶而出。只是此时，归心似箭的阿花双腿突然像灌了铅，怎么也迈不动了。

　　在村口，阿花发现一个半老头不停地注视着她。她觉得这人很面熟，但认不出来。这村上每个比阿花年长的人阿花应该都熟，因为她毕竟在这儿生活了八九年，这儿是她的家呀！

　　树还是记忆中的树，只是比以前更粗更壮了；房还是记忆中的房，只是比以前更旧更破了。这时，那一直跟在阿花后面的半老头，突然鼓足勇气上前拦住阿花，小心地问："你……你是不是黄丫？"阿花一惊，忙问："你怎么知道我是黄丫？"只见那半老头上来一把抓住阿花的手，两眼放金光："黄丫，我是你爸呀！你认不得了？刚才，我一眼就认出你来了，只是不敢认，变化太大了……"什么？眼前这憔悴得像个老头的人就是自己记忆中精明强壮的爸爸？仔细一看，是的！是的！"爸——"阿花抱住父亲又喊又跳。父亲兴奋地拉着阿花的手往家奔，边跑边喊："土蛋妈，土蛋妈，黄丫，黄丫回来了……"

　　啊！日想夜想的母亲此刻就靠在门框上，"妈妈——"阿花扔下包，喊着扑过去。可是出乎意料，母亲并没有迎上来，目光痴痴的，口中念念有词。阿花上去使劲摇着母亲的手，哭着喊："妈妈，你看看我，我是黄丫呀，我是黄丫呀！"父亲也在一旁焦急地催："土蛋妈，是黄丫回来了！"母亲盯了阿花一眼，"咯咯"地发出瘆人的笑声："哪来的丑八怪冒充我黄丫，我黄丫在家呢！"说着指指抱在胸前的布娃娃，神秘地说："这才是我的黄丫呢！"

这一下阿花不知所措了。"唉——"父亲在一旁叹息道："黄丫，你还不知道，你妈受刺激疯了，疯了已十多年了……"阿花腿一软，一下就跪在母亲面前，悲痛欲绝："妈妈，黄丫对不起您啊，当年我要是带好土蛋，土蛋就不会淹死，您也就不会受刺激，是我害了土蛋，害了您，害了全家……"

"什么？黄丫，你说什么？"父亲紧张地问。

于是阿花就哭着把当年自己因为贪看小人书，让土蛋独自玩泥巴炮，最后掉水里淹死，自己害怕就跑了的事说了。谁知父亲还没等阿花说完，便懊悔得直跺脚："黄丫啊黄丫，你好糊涂！你弟弟土蛋根本就没掉水里去呀……"

原来十多年前那个夏天，土蛋玩腻了泥巴炮就溜到塘边去洗手，结果把鞋弄掉到水里去了。他怕阿花打他，就躲到屋后草堆里，后来竟在里面睡着了，而阿花看到水面上的鞋，还以为他淹死了……

父亲说着说着，老泪纵横："那天，你妈妈回来四下找不着你，吓坏了。后来看到土蛋那漂在水中的鞋，就以为你帮弟弟捞鞋掉水里淹死了，便哭得死去活来，可我怎么捞也捞不到你，你妈妈就发疯般要人把村上所有的沟塘一个接一个抽干，你仍然生不见人，死不见尸。再后来你妈妈就怀疑你肯定被人贩子拐走了。于是四下贴寻人启事，一有线索，不管多远都跑去找，可每次总失望而归。从此，你妈妈越来越神经兮兮的了，常在夜里把我叫醒，说听见你哭了，硬逼我去救你，说'黄丫还是个孩子，可怜呀'。唉，当时我也不知道再上哪去找你？你妈天天做噩梦啊……

"一天，你妈兴高采烈地从外面回来，对我说，她找到你了，花三十元从一个脏老头那赎出来的。我疑疑惑惑地跑出去看，结果，看到的不是你，而是一个黄头发的布娃娃……你妈疯了！从此整天就抱着这布娃娃，谁要拿走她就跟谁拼命。特别是到了夏天，她抱着布娃娃不离身，胸前都生满了痱子……

"这些年来，我除了继续找你，就是给你妈看病，不知看了多少医生都没看好。土蛋后来很懂事，这不，去年初中毕业就没再念了，跟人到南方打工去了，说是挣钱继续给妈妈看病，说是挣钱继续找姐姐黄丫……"

听着父亲的这番诉说，阿花哭成了泪人。父亲抹干自己眼泪，安慰阿花："黄丫，别哭了，回来就好，这下你妈的病有希望了，本来她就是想你想出病来的……"

对啊，心病还得用心医。现在，阿花要做的就是设法唤醒母亲对往事的回忆，让她确信自己就是黄丫。于是阿花把自己的头发像儿时那样编成辫子，如老鼠尾巴拖在脑后，整天围着母亲说说笑笑。慢慢地母亲不再敌视阿花，但布娃娃还是放不下来……

父亲就劝阿花不要太难过，母亲的病不是一天两天，十多年了，只要不让她冻着饿着，闹就随她闹吧，但阿花不放弃一线希望。

一天，阿花让父亲买回十几只雏鸡，母亲看到叽叽喳喳的小鸡满屋子跑，像孩子般高兴。趁母亲不注意，阿花捏死四只小鸡，对父亲说："爸，你还记得土蛋小时候把小鸡捏死了反说是我踩死的，你和妈罚我跪的事吗？"父亲一脸歉疚："记得，怎么记得呢？那次我们冤枉了你，你别记恨我们好吗？"阿花说："爸，我怎会记恨你们呢？我只是求你再发一次火，让我跪到妈面前，只要妈想起从前这些事，她就会相信我就是她的黄丫了……"

父亲觉得这主意不错，于是就按阿花的要求，把那四只捏死的小鸡扔到地上，怒气冲冲地罚阿花跪在母亲面前。谁知母亲见状有些惊慌,反把胸前的布娃娃搂得更紧了。阿花乞求地望着母亲,口没开,已泪如雨下。她哽咽着说:"妈,你听我说,这小鸡不是我踩死的,是土蛋当玩具玩死的,你们不能只听土蛋的,不听我说呀……妈,你相信我,黄丫不会撒谎,黄丫一直听妈的话,黄丫是个好孩子……"

阿花边哭边说,泣不成声。这时,母亲开始浑身颤抖起来,两颗泪珠滚出眼眶,她手一松,胸前的布娃娃掉到地上。阿花哭着扑上去,双手抱住母亲的腿:"妈,你就抱抱黄丫吧,黄丫好想听你唱'黄丫好,黄丫好,黄丫是妈的贴心小棉袄'……"

突然,母亲弯下了腰,母亲不是去捡布娃娃,而是一下子把阿花紧紧搂在了怀里。"妈——"阿花幸福得号啕大哭……

(钱　岩)

(题图:杨宏富)

湖里有贼

　　鄂南湖区有一种很小的渔船，比家用的洗澡盆子大不了多少，渔村的人把它叫做划盆。这种划盆只需一个人操作，在湖里下网起钓，倒也灵便。老韩就是靠这种划盆在湖里打鱼摸虾，维持家庭的基本生活，还供儿子小波读完了高中呢！

　　你别说，他儿子还真争气，一下考上了国家重点大学。得知小波上了头榜，老韩偏偏乐不起来，他一个劲儿埋怨儿子说："波儿呀，我早就对你说过，随便考所学校算了，你硬要考那么有名的学校干啥？我听人说，学校越好学费越贵，咱念不起啊！"

　　小波知道家里的难处，自从母亲去世后，家里的担子全压在老爸身上，他安慰老爸说："你别着急，离上学报名还有好些日子呢,我可以外出打工,一来挣点学费,二来也正好锻炼锻炼自己。"

老韩心痛儿子年少骨头嫩,哪会同意呢! 他瞪了儿子一眼,说:"你给我老实在家呆着,既然考取了,这书就得读啊! 老爸我再没能耐,也要给你凑齐这笔学费!"

从此以后,老韩可是没日没夜地泡在湖里啦,打的鱼虽然比以往多了些,人却瘦了不少。

这天晚上,老韩正准备下湖,见儿子小波跟在屁股后面,就问:"你跟着干啥?"

小波说:"邻家驼子叔说,湖里这些天闹贼,他家网箱养的鱼被人偷过,听说我晚上挺警醒的,就叫我跟他一起守夜,其实,也就是在湖边哨棚里睡睡觉,有啥动静及时叫醒他。"

老韩站住了,说:"你别听驼子叔疑神疑鬼的,哪来那么多贼? 我天天在湖里打鱼,咋没看见呢?"

小波说:"老爸,你别不信,驼子叔是老实人,从不撒谎的,要不是真有这回事,他犯得着每晚多出两块钱吗?"

"他多出两块钱干啥?"

"给我发夜班补助啊!"

"嘿,还真有他的!"老韩顿了顿,不由骂道,"如今这些个贼也真混账,偏拣老实人欺侮,将来肯定不得好死! 我要是遇着了,决不轻饶他们!"

他又对小波说,"你小孩子就别掺和这些事,要是真有贼,你也抓不着,倒不如让我下完了网到驼子叔哨棚里去睡,一来帮他放个哨,二来也好看守自己的渔网。"

小波说:"老爸,你别太累了,下完了网你还是回家休息去吧,我答应了帮驼子叔守夜,咋能让你来顶替呢? 就算我抓不着贼,帮忙叫一叫,吓唬吓唬小偷也好啊! 再说,你不让我外出打工,在家乡做这点事,练练胆子咋不行呢?"

小波到底是"准大学生"，老韩还真辩不过他，便说："你去了也是白去，没听人说'贼去不回头'？哪有那样傻的贼，偷了一次还会再去偷呢？"

果不其然，小波守了几晚，还真的没见到贼的踪影。

老爸嘲笑小波说："咋样，贼毛儿也没见着吧？依我看啦，八成是你驼子叔胆小怕鬼，愣要把你拖去做做伴！没听说有部电影叫《天下无贼》吗？再说，就是有贼，也偷不到咱这穷山穷水的地方来啊！"

小波说："没贼不是更好吗？反正啦，驼子叔愿意出那两块钱，我呢，也落得在那空气新鲜的河边睡个安稳觉。这叫：周瑜打黄盖，一个愿打，一个愿挨。老爸，你就甭操这份心啦！"

老韩想想也是，便懒得管他了。

转眼又过去了好几天。

这晚，天色特暗，夜空只有几颗微弱的星星，小波又要去哨棚守夜。临走，老韩特地沏了一大杯姜茶，递给他说："湖边水冷风凉，记着晚上喝几口姜茶，御御寒、暖暖胃。"

小波紧了一下杯盖，他想留到夜深的时候喝几口，让自己提提精神，因为他听驼子叔说，偷鱼贼最喜欢深更半夜出动。

驼子叔见小波带来一大杯姜茶，乐呵呵地一把夺了过去："你小子咋知道我晚上吃多了咸鱼？我正口渴得紧，这下可好，有你这杯姜茶，咱就渴不着了！"说着，不管三七二十一，拧开茶盖，仰起脖子直咕噜，一口气干掉了多半。小波也不好说啥，索性把剩余的姜茶也全留给他了。

过了会儿，驼子叔便呼呼睡去。小波就着半枝蜡烛看了一阵书，蜡烛灭了，人却睡不着，眼睁睁地看着灰蒙蒙的湖面。突然，他听到一阵鱼儿拍水的声音，那声音听起来特别响，不像鱼儿平时的拨剌声，直觉告诉他：有人偷鱼！

他一激灵，正准备喊叫，又怕惊跑了偷鱼贼。你别说，他还真想亲手抓一回贼呢！可是,仅凭自己的力量行吗?

于是,他轻轻地推了推躺在身边的驼子叔:"驼叔,驼叔,醒醒,快醒醒,有贼呢!"可是叫了半天,驼叔一点反应都没有,倒是鼾声依旧。小波心想:难怪要我来帮他当看守,原来瞌睡这么沉啊! 看来再要喊下去,非把贼给惊跑了不可! 小波当机立断,决定来个孤身擒贼!

他记得岸边有只备用的小划盆,于是,便蹑手蹑脚蹭过去,蒙胧中,果然有个黑影正在网箱里往外捞鱼呢! 见此情景,小波心都快蹦出来了,屏住呼吸,轻轻地坐进划盆里,操起两片划水的桡子,急速划动起来。

黑影听见水边传来了声响,立即停止了动作,掉头便逃。小波打小在水边长大,早就学会了荡划盆的技术,这回正好对着点儿,他随后便追。

看来那贼的划盆技术也不赖,眼瞅着相隔不过几丈远,却怎么也拉不近距离。小波一急,不由高声喊了起来:"快来人呀,抓贼啊——"

小波的声音又尖又长,像刀子一样划破了寂静的夜空。昏暗的湖面,顿时亮起了星星点点的渔火,好些网箱养鱼户闻声而动,他们荡起渔船顺着喊声迅速划了过来。不一会儿,四下里喊声一片:"抓住强盗,别让贼跑了!"

偷鱼贼眼见众人围拢来了,一慌神,打翻了划盆,只听"扑通"一声,落入了水中。大家围着水面,搜索了好一阵,也没有看见小偷的影子。

正准备散去,小波说:"大家等等,让我下水去看看!"说完,竟一个猛子扎进水里,过了好一会才露出头来。

大伙儿都笑小波:"小子呃,你别逞能了,这贼脑子可没进水,哪有蹲在水下让你去抓活的? 人家早潜跑啦!"

小波倚着船帮直喘气儿,说:"不、不是我逞能,我、我是怕他不会水,淹死了可不得了!"

"嘿,你别看戏掉眼泪,替古人担忧了,没有浪里白条的功夫,谁敢在水里做贼?再说,这样的人淹死十个,少了五双,活该!"

不知谁这样说了一句,大家齐声附和:"要真的淹死了,那才叫报应呢!"

"可不,最好让他烂在湖里喂鱼!"

"哈哈哈……"

大伙儿笑骂着,不让小波再去打捞,硬是把他从水里拽了上来,随后纷纷散去。

小波拗不过众人,也只好怏怏地返回哨棚。一看,驼子叔还在打鼾呢!小波真是哭笑不得,心说:这样的人养鱼,咋不让贼惦记?

直到第二天早上,驼子叔还是睡眼惺忪,当小波告诉他昨晚发生的那一幕,驼子叔死也不肯相信,一个劲儿地说:"你小子别编故事蒙我,我才不信呢?"见小波并无玩笑的意思,不由拍拍脑袋说:"也真是的,我咋就睡得这么沉呢,好像喝了蒙汗药似的?"

这次守夜归来,小波破例无心看书,因为明天他就要离家上大学了,也不知老爸给自己筹备的学费够没够?另外,让他不能释怀的还有昨晚那件事,他一直在琢磨:这个小偷会是谁呢?他掉进水里是死是活?还有,就算人可以潜水逃走,那划盆可是木头做的,按理说会浮在水面,咋也没影儿呢?

眼瞅着太阳爬上了屋顶,小波开始准备午餐。这些天来,每天清早,老爸都要上街去卖鱼,中午一点多钟就会回来。可是,这一次老爸却没有如期而归。他问了所有上街卖鱼的乡亲,大家都说没见着他爸。小波这下可慌了,他连忙跑到老爸天天拴划盆的地方,一瞅,啥也没有! 顿时,小波犹如冷剑穿心,脊背都凉了! 突然,他心里掠过一阵不祥的预感:老爸没了!

此刻,在他脑海里不断出现了这样的疑团:近来老爸打的鱼为啥那么多? 他为啥几次阻止自己下河帮人看守网箱? 驼子叔饮了那杯姜茶后,为啥沉睡不醒? 那可是老爸为自己准备的茶水呀,难道真的掺了安眠药? 还有那与人一起沉没的划盆……对,尤其是划盆,全村只有老爸的划盆是铁皮做的,那还是在他读初三的时候,老爸因为买不起木制的划盆,便从废品店里买来旧铁皮,请电焊店的亲戚照木划盆的样子做的,也只有这只铁皮做的划盆才会翻沉水底啊……

小波越想越后怕,再也沉不住气了,他撕心裂肺地大叫一声:“老爸,你不该呀……”

小波冲出家门,一路狂奔到驼子叔的哨棚前,解开他家那只备用的划盆,拼命地划向湖心,一边喊着“爸”,一边不停地扎着水猛子,疯了似的在湖里蹿上跳下……

小波的举动立刻惊动了村里的人,大伙儿不约而同地划着渔船,来到湖心。几位年轻力壮的后生费了好大的劲,终于将小波扯住,人们一个劲儿地劝他说:“小波,你咋这么糊涂,昨晚是你最先发现的小偷,追赶的时候又是你离他最近,咋会是你爸呢?”

小波哭着说:“当时天黑,我压根儿没看清是谁,只是见着个人影儿才发狠追他。可是,到现在,谁也没见到我爸,而且,我家那只铁皮划盆也不见了……”

虽然小波越说越像,可大家还是不愿相信这是真的,依然安慰他说:“小波呀,你别瞎猜,没准是那个贼偷用你家的划盆,你何苦赖你爸? 又何苦这样拼命去打捞呢?”

“不,他是我爸,一定是我爸! 爸呀,你好糊涂哇……”

正在不可开交的时候,驼子叔荡着渔船,和村长一起过来了。村长一把搂住小波的肩膀,说:“孩子,你别犯傻,实话告诉你吧,你爸进省城了! 昨晚你省城的一个亲戚打来电话,说他弄到一笔无息贷款,帮你解决学费呢！电话是我亲口传的,你爸性急,顾不上跟你说,走的时候还特地叮嘱我,要我明天陪你到省城去,他在大学门口等你呢！"

小波这才将信将疑,"抽抽搭搭"上了岸。

这晚,村长一直陪着他,直到第二天早上,村长才回村委会,和其他几位村干部碰头。大家交给村长一只鼓鼓囊囊的提包,他拎着这只包,和小波一起匆匆踏上了北上的列车。

送走了村长和小波,大伙儿立即荡起船只,直奔前晚出事的地方,几位水性好的后生扎了好些个猛子,终于从湖底捞起了沉没的划盆和死者,他不是别人,正是老韩。

令众人惊讶的是,老韩居然将自己的一只手牢牢地绞在划盆的铁环上,看样子是铁了心要和自己的划盆同归于尽。谁都知道,老韩可是全村有名的水猫子,要不是系在划盆上,想淹死都难啊！

乡亲们啥也没说,只是不住地唏嘘着,将老韩盛殓在他那只铁皮划盆里,埋在湖边的山丘上……

（魏柏林）

（题图:黄全昌）

教 导 有 方

做父母的对于子女的早年教育绝不是一种无效劳动。谁拒绝父母对自己的训导,谁就首先失去做人的机会。

父债子还

　　张老汉年近七旬,不幸得了癌症,三年来,一天不如一天,最近,连说话都气短。"说不定哪一天一口气上不来,两脚一蹬就过去了。"张老汉暗自思忖着,眼前,只有三儿福昌和福昌的对象娟子在端水喂药,侍奉自己。

　　说起这个福昌,实在是张老汉的一块心病。儿子今年28岁了,和娟子谈了三年恋爱,至今也没结婚。而老大、老二也不知都在忙啥,整天也不见他们的面。

　　"福昌——"张老汉使劲喊着,声音却很微弱。

　　"爹——"福昌俯身望着父亲蜡黄的脸,不觉悲从中来,两眼含满了泪水。

　　"福昌,"张老汉喘着气说,"把你大哥、二哥和他们媳妇都叫来,还有你那个娟子,我有话要说。"

"爹,你……"

"去吧,去叫他们来。"张老汉朝儿子挥挥手。

福昌感觉到父亲像是要交代后事,泪水"哗哗"地流了下来,头一低,赶紧去打电话。

下午,老大、老二夫妻俩都来了,娟子也来了。

张老汉刚刚服了药,这会儿精神还可以。他看看儿子,又看看媳妇,说:"你们都来了,有些话我不能不说。这三年来,我一直病在床上,多亏了福昌,还有娟子,一口水、一碗药地端给我。可福昌今年都28岁了,至今还没有结婚。他把钱都花在我身上,是我拖了他的后腿!老大、老二,你们看在爹的面上,又身为兄长,好歹帮他成个家,让我死了也闭上眼……"

张老汉话音未落,福昌和娟子早已泪流满面。

娟子抢着说:"伯,您老放心,福昌的心思我懂,我们还年轻,日子长着哪,我们不着急……"

老大、老二向来自私,反正爹有老三顾着,平时不常回来,即使爹住了医院,也是如此。这会儿,大约是气氛感染,老大、老二抢着表态:"爹,您老放心,我们再不是人,也要帮着三弟成家。这几年,我们都很忙,一直没空侍候您,全靠三弟和娟子两个人。您老放心,我们不会亏待三弟的。"

张老汉点点头,似乎放了心。随后,他又拿出一张借据,说:"还有一件事我也放不下。前几年,你们娘去世,我从老友你们赵叔那儿借了九千块钱。后来一直赶上生病,老没还上。唉——如今我怕是顶不住了,说不定哪天一口气上不来,我就……就……"

毕竟是父子哇!老大见状忙说:"父债子还,爹这点债……"他话没说完,只觉腿上被自己媳妇踢了一脚,于是剩下的半截话就咽了回去。

他媳妇接着刚才男人的话尾说:"爹,这点债我们三家分摊,每家也就是三千元钱,本不该成什么问题,可这两年两个孩子都上了学,学校里费用那个大呀,唉——"

老大媳妇叹气声未止,老二媳妇就急着开口了:"大嫂说的三家分摊我也赞成,可我们怕也一时拿不出钱来,他爸说起来还开个饭店,可现在吃白食的多,一个月能赚多少钱?其实那都是外名,内里亏空有谁知道!"

两个媳妇一个比一个抠。

可儿子终究还是儿子,老二一边小心翼翼地瞥了媳妇一眼,一边对张老汉说:"爹,拿不出我们也拿,我们那三千元,慢慢攒吧。有个一两年,总能攒够。"

老三福昌一看两个哥哥挺为难的样子,急着说:"你们别说了,总共九千元钱,就让我替爹还了。"

娟子也说:"既然大哥、二哥有困难,那就让我们来。我们虽说是工薪阶层,可眼下开销比大哥、二哥省,您就放宽心吧!"

张老汉惨白着脸,看了老大、老二一眼:"你们真就那么困难?"

老大、老二低下了头,不吱声。

张老汉叹了口气,摇摇头:"唉!你们都是爹娘一把屎一把尿拉扯大的,一个是公司经理,一个是饭店老板,咋就光长本事不长良心啊?既然老三和娟子都应了,就让他们替爹还这笔债吧!"张老汉满眼泪水,颤抖着双手,把那张借据递给福昌和娟子,紧紧拉着他们的手,喃喃道:"我死后,你们拿着借据找赵叔,替我好好谢谢他……"

两天以后,张老汉果然就归去了。

丧事办完之后,福昌拿着老人留下的借据,与娟子商量说:"我手上还有三十元钱,要不,咱先买些东西去看看赵叔,替爹谢谢他,顺便也打个招呼,咱尽快把钱攒了,好还他。"

娟子一听就说好,于是两人当晚买了东西就奔赵叔家。

敲开门,谁知赵叔劈头就说张老汉借款的事,还问他们借据带来了没有。福昌心里一沉:爹刚死,莫非赵叔就翻了脸?福昌小心地从口袋里拿出那张借据,却被赵叔一把夺过去撕个粉碎。福昌顿时傻了眼:赵叔这是怎么啦?

只听赵叔感慨地说:"福昌,娟子,你们爹没有看错眼,你们果然是好孩子!实话告诉你们吧,其实,你们爹从没借过我一分钱,倒让我保存着一件东西。今天既然你们来了,我就把这东西交给你们,祝你们小两口往后的日子甜甜美美,你们爹九泉之下就真正放心了。"赵叔边说边捧出一个小木匣子,还有两把钥匙。

福昌一看,小木匣上贴着封条,匣盖上加了两道铁锁,外面还有一张纸条,上面写着:三儿福昌亲启,余者不得开封。

福昌见物如见爹,好像就是爹在跟自己说话,不禁泪流满面。他一一把锁打开,最后掀开匣盖,只见里面有一个布包;打开布包,竟是一叠钞票,票面上还附着一张小纸片,上写"九千元"。

福昌和娟子一下子都愣住了:"爹这是……"

赵叔推推福昌:"你爹还有信给你哩,快看看。"

钞票下面是一封信。福昌抽出来,展开一看,信上这样写着:福昌,这些年你为爹受苦了,爹至死也难忘你。古人说:"忠孝之心,四海享誉。"我和你赵叔合计过,就用这小小计策,为你留下九千元,好让你成个家。这钱是你该得的,可惜爹不能明着给你,省得你两位兄嫂看见了要为难你。昌儿,娟子是个好姑娘,老天开眼哪,把她给了你。爹走了,你们两口子好好过日子吧……

福昌和娟子读着读着,声泪俱下:"爹呀——"

(晨　陆)

(题图:俞耀庭)

农民的儿子

阿宝有一个继父，阿宝六岁那年，跟着娘到了他家。阿宝的命非常的苦，十岁的时候，娘病重离世，后来，继父就一直和阿宝在一起过。也许是为了阿宝，继父再也没有娶老婆。

继父对阿宝非常好，说句心里话，恐怕亲爹活着，阿宝也不会得到那样的好生活，有一个明证就是，阿宝是他们那个小穷村的第一个大学生。许多年以后，阿宝大学毕业了，分配到了理想的单位，还有幸娶了一位漂亮的城里姑娘。为了报答继父，阿宝想接他来城里享福，可继父说什么也不愿意离开乡下，他总是对阿宝说："我喜欢乡下，这里有新鲜的粮食。"

但是最终老天成全了阿宝的孝心，医生在继父的肾脏里发现了一粒花生大的结石，乡下的医院觉得棘手，阿宝就赶紧把他接进城里。继父肚里的结石对城里的医院来说是小菜一碟，可阿宝做梦也没有想到在治好病的同时，阿宝会彻底得罪了继父。

那天，为了庆祝继父痊愈，中午，阿宝的妻子烧了好多菜，还买了两斤冷冻水饺煮了吃。天热，吃剩的水饺忘记放到冰箱里，做晚饭时妻子用鼻子一嗅，发现稍微有点异样，就一股脑儿全部倒进垃圾桶里。不料正好被继父看见，他立刻急了："你、你这是干什么?"说着，一步冲到垃圾桶边，从桶里拣出已经粘上脏物的水饺，又急急地放到自己的饭碗里。妻子在旁边说："馊了，爸爸，不能吃了。"

"谁说不能吃?"继父白了阿宝妻子一眼，用嘴吹吹饺子上的脏物，就一个一个地往嘴里填。妻子惊得张大了嘴："爸爸，脏呀!"

继父一边艰难地咀嚼，一边孩子般地笑着说："不脏，好吃。"

那时，阿宝正在客厅里和几位文友聊天，妻子的尖叫声惊动了他们，当他们赶进厨房时，继父正在津津有味地吃那几个脏水饺。为了继父的身体，更为了在文友跟前保住面子，阿宝一把夺过继父手里的饭碗："爸爸，你不知道脏呀? 快把嘴里的吐了!"

"怎么就脏了? 我吃着挺好的，你们不爱吃我吃，别浪费了呀!"继父把嘴里的一大口饺子使劲咽了下去，又来夺阿宝手里的饭碗。

"干什么你?"阿宝一手推开继父，一手把碗里的脏饺子全倒进了垃圾桶里。"你……"继父脸上的笑凝住了，两眼直勾勾地看着阿宝。

"你什么你，快到一边吃饭去，又没有饿着你，真是!"阿宝拎起装着饺子的垃圾桶出了门。

到第二天清晨，阿宝才知道闯祸了:继父不见了! 阿宝的朋友，还有公安局的同志们，为了帮阿宝找到继父，整整两天两夜没有睡好觉、吃好饭。第三天早晨，阿宝接到一封电报:"父病危,望归。"

天哪,接到这封电报,阿宝的腿直哆嗦:爸爸呀,你可是好大的气性呀,儿子千错万错,你骂也好,打也罢,可不能上火呀！阿宝赶回老家时已是中午了,只见继父光着黝黑的脊背坐在无遮无阴的天井里,任太阳暴晒,他的旁边是四个肮脏的农药瓶子。阿宝惊呆了,继父他……继父的样子让阿宝说不出话来,阿宝张着大嘴直喘粗气。

"我在等你。来,你坐。"继父指指阿宝带的大旅行包,他的意思是让阿宝坐到包上。然后,他又说,"我养了你二十三年,你也算是救了我一条老命,咱俩两顶了吧,从今往后谁也不欠谁。""爸爸,你有话,咱进屋说不行?"阿宝擦着汗说。阿宝想:不管出了啥事,只要他老人家身体健康,那就是最大的幸事。阿宝知道,继父是因为饺子的事把自己招回家的。自己是农民的儿子,农民对粮食的珍惜之情自己是理解的,自己愿意甚至是盼望继父批评自己或者骂自己、打自己。"爸爸,你就是我的亲爸爸,你的恩情我几代几世也还不完。爸爸,今天我回来了……你就原谅我一次吧?"阿宝说着,眼泪"扑簌簌"地滚了下来。

继父好久没有说话,最后才叹了一口气,说:"嘿,我也知道,你是为了我的身体,也是好心……""爸爸……"阿宝欣喜若狂,料不到继父会这么快地原谅了自己。

"行了,别孩子气了。你既然回来了,就帮我干点活吧。趁这中午的时间,咱爷俩到苞米地把这些药喷上。"继父慈祥地笑着,"我真的老了,不行了,背不动喷雾器了……地里的害虫可海了,再不喷药,今年就没啥收成了。""爸爸,咱中午去喷药? 你不想让咱爷俩活命了?"阿宝知道,在炎热的三伏天,中午去地里喷药是很容易出事的,所以急着阻拦。

"就你的命贵? 你知道什么,只有中午,害虫才最容易药死。你爸我就是这样喷了一辈子农药,你不帮我干就算了,你回你的城吧。"继父说着就站起来,气呼呼地收拾农药瓶子。

阿宝不能再说什么,在这时候,即使死了,也不能让自己的不孝使继父的心受到伤害。阿宝只能背起喷雾器,跟随着手拿四个农药瓶子的继父,走进了灼人的阳光,来到已经久违的田地里。多好的玉米呀,已经长到阿宝的胸口了……

临到往喷雾器加农药时,继父用征求意见的口吻对阿宝说:"四种农药一齐加吧,也省得跑些冤枉路。"阿宝没有言语,心想:反正我是你儿子,你看着办吧。

头上是没遮拦的阳光,背上是超负荷的喷雾器,身下是密不透风的玉米,说实话,这样的劳动阿宝早已不适应了,但是,阿宝只能默默地干,因为继父正在用这种形式和他探讨孝顺和忤逆的问题,阿宝不能再让他老人家生气。

可是阿宝仅仅喷了一行,就真的受不了啦,浑身全是汗,背上被喷雾器压得火辣辣的疼,最关键的是,背上那只老化了的喷雾器一直在漏药水,阿宝身上一刻不停地流淌着四种剧毒的农药溶液,它们侵蚀着他的肌肤,随时都可以结束他的生命呀!继父竟然这样无情?难道因为那几个饺子,就要剥夺阿宝的生命?想到这些,阿宝觉得天旋地转,口干舌燥,觉得身上已经没有汗水,身体里也没有鲜红的血了,身上除了毒药还是毒药。阿宝突然心一横,想给继父一个无法挽回的懊悔,把他给自己的这个无情的报复再还给他……他偷偷看一眼站在地头的继父,见他正对着一棵玉米淋漓尽致地撒尿,嘴里还豪迈地唱着:

> 干,干,干,咳,
> 我们要大干!
> 干死那虫子,
> 我们好吃饭……

阿宝几乎绝望了，一狠心，便把喷雾器的喷头举到了自己的脸上……

阿宝当然没有因为这个举动死去，最后还是回到了他居住的城市，回到了妻子的身边。当他垂头丧气地坐到饭桌前、毫无食欲地举筷子时，妻子递给他一张纸条。

"什么？"

妻子说："你爸爸拍给你的电报，比你早到四个小时。"

阿宝的身体忍不住颤抖起来："什、什么事？他……"

"你咋了？"妻子不解地问，然后给阿宝念电报："'我儿，四瓶农药全是助壮素……'哎，你爸爸给你说的是什么意思？"

阿宝像被抽了筋骨一样瘫倒下来，他似乎看到继父正在瞧不起似的向他眨着眼睛。阿宝望了妻子一眼，答道："爸爸讲，粮食就是生命。"

（林　火）

（题图：刘斌昆）

李阿根找爹爹

　　俗话说："灰麻雀,尾巴长,娶了媳妇忘了娘。"城郊乡小李庄的李阿根就是这么一只灰麻雀,自打娶了媳妇赵彩娥、有了儿子小根子后,他待爹爹李老汉便一天不如一天。李老汉早年丧妻,受尽孤苦艰辛,谁料到今天又要受儿子、儿媳的窝心气,他越想越伤心,一怒之下提了根打狗棍出走了。

　　爹爹走了,李阿根也没放心上,不问也不找,倒是村主任找上门来,将他两口子严厉地训了一通,责令他俩尽快将李老汉找回来,不然将在这次文明户评比中给他家挂黑牌。李阿根虽然气恼村主任狗拿耗子多管闲事,但也知道一旦挂了黑牌,那可成了猪八戒照镜子——里外不是人了。无奈之下,李阿根和赵彩娥只好来到县电视台,花了60元的肉痛钱,播放了一则"寻人启事"。

第二天一大早,他俩刚起身,就听大门被敲得"砰砰"响。赵彩娥懒懒地骂了句:"莫不是老无用回来了?"李阿根开门一看,才发现不是爹爹李老汉,而是干爹郑老忠。这郑老忠是李老汉的结拜义兄,当过兵,打过仗,脾气耿直,由于他孤身一人,自小李老汉便让阿根认他做干爹。后来郑老忠年老体衰,便由乡里安排进了幸福院,平常就难得再到李家来。

李阿根心中忐忑不安:干爹一大早来,一定是为了爹爹的事。果然郑老忠手杖一点,开口就焦急地问:"干儿呀,我昨晚看电视才知你爹不见了,到底咋回事?"狗怕揭皮,人怕揭短,李阿根哪敢在干爹面前说实话,只好支支吾吾地说爹爹神经有毛病,自个出走的。赵彩娥也忙凑上来,一个劲地说他俩平日如何孝敬李老汉,而李老汉走后两人又是多么难过,最后还假惺惺地挤了两滴眼泪。

郑老忠听得直摇头,他想了想,说:"你们爹好没福气!这样吧,干爹我没儿没女,就在你们家住两天,让我享享天伦之乐,顺便我也可以听听你们爹的消息。"李阿根两口子一听,大眼瞪小眼,却不敢吱声。

走了亲爹,来了干爹,李阿根窝囊,赵彩娥窝火,明着不好说,于是赵彩娥就指着自家那只大公鸡连数落加骂:"从哪儿飞来的老野鸡,跑到我家讨食吃,真不要脸!"又借着喂猪的当儿狠狠踹了大肥猪两脚,眼睛斜睨着郑老忠,骂道:"无用的蠢猪,只知道喝喝喝,早晚一刀宰了你!"赵彩娥的话中话,郑老忠一听就懂,不过他不气也不恼,从厨房里拎来一把切菜刀,一边大步走向猪圈,一边说:"彩娥说得好,这头无用的蠢猪,我看晚杀不如早杀。三十年前我干过屠夫这一行,让我替你们一刀宰了它,也算帮你们俩干点活!"

李阿根在一旁结结巴巴要紧道:"干、干爹,这头猪有用、有用的。俗、俗话说:'养只母鸡能、能下蛋,养头肥、肥猪能卖、卖钱……"

郑老忠一听此话,脸色就变了:"说下去呀,这后面一句是怎么说的?"

李阿根的声音小得像蚊子:"养、养个儿子能、能端饭。"郑老忠"咣当"把手里的菜刀一扔:"这话亏你说得出口?"

正好这时候,村主任来了。村主任告诉他们,刚才乡里来电话,说有人把一个在公路上逗留的疯老汉送到了乡政府,看年龄、打扮,这人很可能就是他们要找的爹,让他们快去认领。

李阿根愁眉苦脸地来到乡政府接待室,一看,长条椅上坐着的不是他爹,只不过是个同他爹年岁相仿的老汉。李阿根心里的石头一下子落了地,转身就要走人,却不料那老汉却不顾一切地扑上来,拉住他大叫:"根子,快带我回家!"李阿根大惊,忙去掰那老汉的手:"你这个疯老头,谁是你儿子,你认错人了!"偏那老汉扯住他不松手,流着泪翻来覆去一句话:"根子,咱们回家,快回家吧!"

吵闹声引来了不少人围观,人们纷纷斥责李阿根太不道德,怎么也不该嫌弃有病的爹爹。李阿根满头大汗,浑身是嘴也说不清,两条腿想走也走不脱,最后只好答应把疯老汉当爹爹领回去。接待站负责人不放心,再三关照李阿根,一定要善待老人,还说:"过两天我们还要到你家探望老人家,如果发现你有虐待行为,我们将向法院起诉你!"

一路上,疯老汉扯住李阿根不肯撒手,生怕他跑了似的。赵彩娥见李阿根莫名其妙领回个疯爹爹,禁不住号啕大哭,直骂李阿根窝囊无用。倒是郑老忠拉着疯老汉的手问长问短,给他换上干干净净的衣服,端出热饭热菜让他吃。两个老人在一起话特别多,最后郑老忠总算弄清了事情的原委。原来疯老汉姓黎,本来不疯,只因他儿子根子在外打工,一去两年连信也没来一封,老汉思子心切,变得疯疯癫癫,到处找儿子。说来也是巧中巧,李阿根的身材、模样与黎根子长得十分相像,难怪老汉疯劲上来揪住李阿根不放手了。郑老忠感叹万分:"真是儿行三日父担忧,父在千里儿不愁啊!"郑老忠拍拍李阿根的肩膀,说:"咱把黎老汉的情况跟乡政府说明白。在黎老汉没找到儿子之前,你就做他的'根子',当他把亲爹养起来。"李阿根自知自己对爹不孝,做下了亏心事,如今只好哑巴吃黄连,有苦也得咽。

左邻右舍听说李阿根领回来一个疯爹爹,都来看热闹,赵彩娥羞得恨不得有个地缝钻下去。她悄悄拿了几件换洗衣服,正准备去娘家躲几天,不料还没等她抬脚,只见自己的爹爹赵老汉竟先踏进门来。赵老汉唉声叹气地告诉女儿,她弟媳妇近来拧眉毛瞪眼睛,脸蛋拉得丝瓜长,嘴巴绷成驴橛样,吵得他不得安宁,只好来女儿这里避避难。赵彩娥一听大吃一惊:"爹,她……她不是一直挺孝敬您的,怎么会……"

赵老汉眼睛狠狠一剜她:"嗨,还不是跟你这当大姐的学的样?她听说你把你公公气跑了,也跟我闹起来,还不是想赶我走。唉,人老了,无用了!"赵老汉一声连一声地叹气,赵彩娥呆愣半响,眼泪无声地流了下来……

这下可好,气跑一个爹,来了三个爹!每天光三位老人的吃喝拉撒睡,就够李阿根和赵彩娥忙得手脚不停。偏偏村主任又不依不饶,三天两头上门催他俩找回亲爹,说是挂黑牌的期限快到了。

李阿根两口子急得四只眼睛一抹黑,这些日子,他俩思前想后,心里别提多懊悔了!李阿根想起爹爹这些年风里来雨里去拉扯自己的艰辛,而自己却耳根软,一味听信媳妇的话,致使爹爹生气出走。还是干爹说得对,乌鸦知反哺,羔羊懂跪乳,自己这样对待老人,真是禽兽不如啊!赵彩娥呢,她见自己一脚走歪,亲爹被弟媳学样赶出来,将心比心,更是悔不该那样对待公公。终于一天早饭后，他俩痛哭流涕，将爹爹出走的真相对三位老汉来了个竹筒倒豆子，恳切地认了错，并保证今后一定痛改前非。

郑老忠和赵老汉对望一眼，同声问："你俩真的知错了？"李阿根和赵彩娥同声答："知错，真的知错了！"

两位老汉忍不住放声大笑，笑得两个年轻人莫名其妙。于是郑老忠便爽爽快快揭了底。

原来李老汉那天气怒交加出走后，巧了，在半道上迎面碰到同来探望他的郑老忠和赵老汉，如此一说，郑老忠气得怒发冲冠，赵老汉急得团团乱转。到底是老年人智谋多，他俩一合计，先安顿李老汉在乡里的幸福院住下，随后先由郑老忠上门住下来，唱红脸狠狠教训教训他俩，然后再由赵老汉上门唱花脸，假说儿媳不孝顺，促使他俩好好反思反思。至于那位疯老汉，是他们谁也没意料到的小插曲，不过这个小插曲来得还正是时候。

李阿根和赵彩娥听得又惭愧又感激，他俩忙拉了架子车，诚心诚意到乡幸福院接爹爹去了。这下，他们家中将要有四位白发老汉聚首了！

（王永坤）

（**题图**：黄全昌）

无字家书

老黄和妻子两个人都有工资，可供一个儿子读大学，却感到很吃力，除了交学费，儿子每月的吃用还要好几百元，这实在是个沉重的负担。

老黄感慨着对妻子说："我们的收入算是不错的了，供一个孩子读大学都这么难，不知道乡下那些穷苦人家是怎样送孩子读大学的。"

妻子说："我怎么知道？有闲心你自己到乡下去问问。"

双休日，闲来无事，老黄真的骑车到乡下去了，他想去探个究竟。老黄的儿子有个乡下同学叫杨壮，家里很穷，读中学的时候常向老黄的儿子借钱买饭票，现在杨壮和老黄的儿子在同一所大学读书，杨壮是苦柳村人，老黄决定，就到苦柳村去看看杨壮的父母。

老黄骑一辆旧摩托车,半小时后就到了苦柳村。村头有棵大榕树,树下有个水潭,一个小男孩在潭边放鸭,老黄向男孩打听,男孩用手中的小木棍向大榕树后面一指,说:"小店旁边那家就是。"

大榕树后面有一个小杂货店,店旁有一座泥瓦房,泥瓦房的墙壁都倾斜了,墙上还有好几处大裂缝。这种危房怎么能住人?做牛棚还差不多呢! 老黄呵斥放鸭的男孩:"你小小年纪,竟敢骗我!"

小孩说:"我没骗你,那真是杨壮的家,不信你自己去看。"

老黄半信半疑地走进了那个破屋子,屋里有一对老年夫妻,一问,果然是杨壮的父母,他们正拿着一封信,看见老黄进门,就高兴地请老黄帮着读信。

信是杨壮写的,信封已经拆开了,老黄问:"你们不是看过了吗?"

杨壮的父亲说:"是请人读过一回了,我们还想听一回。"

老黄理解他们思念儿子的心情,就展开信,很认真地读了起来:"爸爸、妈妈,你们好! 这个月寄两百元钱回去……"

老黄诧异地问:"怎么? 你们的儿子还寄钱回家?"

杨壮的父亲说:"是呀,入学的时候借了不少钱哪,要缴学费嘛!"

老黄问:"可杨壮去哪弄钱? 他自己要上课,在学校吃用也要花钱。我儿子和杨壮在同一所大学读书,他每月最少要我寄四百块钱,杨壮怎么反倒有两百块钱寄回来?"

杨壮的父亲说:"我儿子上完课去做家教,每个月有四百块钱收入,他用两百,寄两百回家还债。"

老黄又读了下去:"爸爸、妈妈,告诉你们一个好消息,我又找到了一份家教。这家人每月给三百元,别的同学嫌少,不愿干,转让给我。以后我做两份家教,每个月就有七百元收入,可以寄五百元回去还债。你们不必为债务操心,注意休息,别累坏身体。要是你们累坏了身体,那我会比负债还要难受的……"

老黄再也读不下去了,他的泪水已经流了下来。

老黄让杨壮的父母说说平时是怎样教育孩子的,可两个庄稼人竟说,他们从来没有教过孩子什么。老黄想:乡下人朴实,不愿意张扬,我干脆叫他们给儿子回封信,他们在回信中自然要教育一番儿子的。于是他就问:"你们不想给儿子回信吗?"

杨壮的父亲说:"想回,可不会写字。"

老黄说:"我帮你代笔。"

杨壮的父亲高兴极了,立刻到旁边的小杂货店买了信封和邮票,家里有杨壮用过的练习本,本子上还有两三页空白的,正好撕下来当信纸用。

老黄兴致勃勃地给杨壮的父亲代笔,满以为他会说出许多教育儿子的话来,可是,杨壮的父亲只讲了十来句,一页纸都没写满就结束了,而且说的全是套话,看样子,杨壮的父母并不是谦虚,他们似乎真的没怎么教儿子。可他们的儿子为什么那么好呢? 老黄百思不得其解。

老黄在信封上写好姓名、地址,再把那张写有十来句套话的薄纸折一折,塞到了信封里。信封空空的,乍一看还以为里面没有信。杨壮的母亲说:"信封太空了,还可以再装一点东西。"原来,杨壮有头疼的老毛病,从小就是父亲把一种草药磨成粉给他服用的,这个学期他忘了把药粉带去。

于是,杨壮的父亲便把一小袋药粉摊得平平的,装到信封里。他得意地对老黄说:"你瞧,一点也看不出来。"

老黄说:"是看不出,但可能超重了。"

杨壮的父亲诧异地问:"寄信不能超重?"

老黄说:"对,一封信不能超过 20 克。"

杨壮的父亲一听,特意把这封信拿到隔壁的小店,用店主的天平秤称。几分钟后,他回来了,说:"真是巧了,如果把信纸取出来,这封信刚好20克,一点也不超重。"

杨壮的父亲真的把老黄代写的那张纸取了出来,丢到了灶肚里。

老黄问:"你把那张纸取出来,这还是信吗?纯粹是一个药袋子了。"

杨壮的父亲一边粘信封口,一边说:"管它呢,能把药寄到儿子手里,比什么都好。"

看着夫妻俩高兴的样子,老黄忽然明白了:杨壮收到一封装着药粉的无字信,该有多少感慨涌上心头?这样的父母,怎么会没有一个好儿子呢?

(王立平)

(题图:黄全昌)

母亲的足浴

　　明天就是母亲的八十大寿了，张军暗下决心，一定要买件最好的礼物送给她老人家，让母亲也高兴高兴。

　　这事要搁在有钱人身上，一点也不难，可张军没钱哪！说来也是心酸，十年前，张军鼓动妻子和他一起辞职下海，谁知折腾了几年，不但没挣到钱，还把家里的积蓄赔了个精光。自此，他啥事儿也不干了，整日龟缩在家里喝闷酒，生闷气。可光喝酒生气又能顶啥用，一家人的吃喝找谁去？万般无奈之下，他把脸一耷拉，找到居委会的刘主任，申请吃上了"低保"。

　　张军的兄弟姐妹虽多，平时却是各忙各的，自己的事还顾不过来，谁还有闲心管他？只有张军的母亲，整日为他忧心忡忡，还不时接济他个三十五十的。

母亲的恩要报,可有孝心架不住没现钱呀!张军在几家大商场里转悠了十多圈,也没能给母亲买到满意的礼物,好礼物太贵他买不起,次礼物又拿不出手。正转来转去转得头皮发麻时,他在一家大商场门口遇见了多年不见的老同学。

老同学非要请张军吃饭,吃完饭又拉他去足疗中心洗脚。足足一个半小时的泡脚、洗脚,再加上小姐那么一搓一揉,张军舒服得差点没晕死过去。他大开眼界,头一次知道世间还有这样的享受方式,心里不由得一亮:对,何不让母亲也来享受一次?

第二天,张军连哄带骗,把母亲带到足疗中心,可母亲一听要洗脚,说什么也不肯进门:"花钱让人家给我洗脚?你疯了吗?"说完就要往回走。

张军拽住她,说尽了好话,母亲还是不依。

张军很委屈,眼泪就在眼眶里打转了,说:"妈,今天是您老的八十大寿,我没钱给您买高档的服装,也没钱为您办一桌丰盛的酒席,我就这么一点点的心意,您还能不满足我吗?好歹我也是您的儿子呀!"

看到张军难过的样子,母亲心软了,就答应了他,说:"咱可就这一回呀!"

足疗中心的小姐倒上滚烫的热水,母亲的一双脚在药液里慢慢地变红了,她幸福地闭上了眼睛,随着小姐一次一次往盆里加入开水,母亲的脸上越发地安详了。

回到家,母亲高兴地对张军说:"军儿呀,妈这一生还是头一次这样享受呀!"说完,从兜里拿出六十元钱来,递给他说,"你出去时我问过小姐了,在那里洗一次脚是六十元,你有这份孝心妈就知足了,现在你不富裕,这钱你收下吧。"

张军怎肯收钱,母亲坚持说:"拿着,今儿是我的生日,你别让我生气好吗?"老太太把话说到这份上了,张军也不好再说什么,就把钱收了下来。

母亲自从洗了足浴,逢人便夸张军是个孝子,夸得张军心里美滋滋的,别提多高兴了。

过了一个星期,母亲打电话将他叫进家门,说:"那次足浴洗得太舒服了,我还想洗一次,这回咱们不花钱,我已经烧开了水,你在家里给我洗吧!"

什么?张军惊得半天说不出话来,眼睛睁得大大的,傻了。

母亲一拉脸,说:"我是你妈,你小时候我不但给你洗脚洗屁股,还给你接屎接尿。现在我老了,让你为我洗一次脚,就把你吓成这个样子?"

张军忙解释说:"妈,不是我不肯给您洗脚,只是我怕洗不好,不如足疗中心的小姐洗得舒服。"

母亲说:"不会怕什么,慢慢学嘛。"

母亲把脚伸进热水盆里,就开始指挥张军为她洗脚、按摩,她一会儿说揉这,一会儿说敲那,一会儿说张军手重了,一会儿又说他手轻了,没多长时间,张军就大汗淋漓了。

好容易洗完脚,母亲交给张军一本书,说:"这是我托人买的足浴按摩书,你没事时好好学学,赶明儿好再为我洗脚。"

张军一怔:"什么?您还想让我为您洗呀?"

母亲说:"你要是怕累,就叫你媳妇给我洗也成,反正洗脚这差事我是交给你们一家人了。"

张军回家和媳妇一说,被媳妇骂了个狗血喷头。媳妇说:"她是你妈,又不是我妈,我凭什么给她洗脚?"

张军没办法,只好自己学,一边看书一边琢磨,慢慢的还真把按摩的套路学得个八九不离十了。而母亲更不肯轻易放过他,三天两头地叫他过去为她洗脚,而且是越洗越勤。张军每次都累得腰酸背痛,后悔自己当初怎么想出这么个主意来的。

没过多久,居委会的刘主任来找张军,说是根据反映,一个能花钱请母亲去足疗中心洗脚的人怎么能吃低保呢,决定取消他的"低保"资格。张军想争辩,可刘主任根本不听他的,这下把张军愁得欲哭无泪。

母亲知道这事,把张军找来,说:"吃低保吃不出个好日子来,要想活得滋润,就得自己动手挣钱。咱们楼下有个空房子,你把它租下来当洗脚房吧,我这还有两万元钱,你先拿着用!"

张军不答应:"妈,让我去给别人洗脚,这多没面子呀!"

母亲眼里有了泪光,说:"我都八十岁的人了,看不到你有个好前程,死后怎安心?你那不是给别人洗脚,是在给你自己挣钱呢!你怕丢什么面子?"

张军想想也是,自己已经混到这种地步了,还死要那面子干吗用?于是十天后,他的洗脚屋就开张了。开头,来的人并不多,可因为他开出的价格便宜,也不搞那些乱七八糟的事儿,渐渐的人就多了起来,生意越来越红火。没出两年,张军就当上老板,雇了小工,自己不用给别人洗脚了。

一天,张军又碰到了居委会刘主任,刘主任笑着对他说:"你可真成呀,从一个低保户一下子就当起老板来,有本事!"

张军心里有气,话中有话地说:"这还要感谢你呀,要不是你取消了我的低保资格,我现在还不是个困难户?"

刘主任笑了,说:"这个功劳我可不敢抢,是你妈要求我们取消你的低保资格的。当初我们还怕你接受不了呢,你妈却说她的儿子她知道,她说你一定会有出息的。嘿!现在看来,你妈就是眼光高嘛!"

张军一听,愣住了!他一想,坏了,由于近段时间生意忙,已经一个多月没见到母亲了,赶紧买了好多礼物直奔母亲那儿。

母亲正在一边泡脚一边看电视呢,见他来了,忙说:"你这么忙来看我干呀?还是工作要紧呀!"

张军叫了声:"妈……"就哽咽得说不出话来。他忙蹲下身去,将母亲泡在盆里的脚抬起来,又要像以前那样给她按摩。

母亲把脚抽回来,说:"军儿,别、别这样。其实这样洗脚不舒服,每次你给我洗脚,我都是咬着牙关硬挺住的,我这双老脚怎经得起这样敲敲打打呢? 我还是爱老式的洗脚法,舒服呀!"

听了这话,张军的眼泪"吧嗒吧嗒"地掉了下来,掉进了母亲的洗脚盆里……

(张开山)

(**题图**:魏忠善)

无 私 奉 献

父母对儿女的爱,是和血液一起在血管中奔流,在心脏里跳动,遍布每根神经,充满身体各部的。

红烧五花肉

孙老太今年七十岁。生日那天,三个儿子、一个女儿和父亲商量好,在宾馆里为母亲举行家宴。

大儿子对母亲说:"妈,您为我们辛辛苦苦一辈子,今天又是您七十岁生日,就算是我们小辈向您表示点孝心吧。"他把菜谱递给母亲,要她点一只最喜欢吃的菜。

孙老太接过菜谱,一页一页地翻过去,一本菜谱都翻完了,还点不下一只菜。孙老太问服务员:"还有别的菜吗?"服务员愣了一下,摇摇头。大儿子明白了,母亲刚才哪里是在看菜名,她肯定是在看菜名后面的价格。母亲一生节俭,就是刚才进宾馆时,她还直嘀咕;"哎呀呀,跑这儿来吃顿饭,多浪费,咱们在家不一样嘛!"大儿子忙对母亲说:"妈,今天咱们做儿女的诚心诚意要孝敬您,您就点一只吧!"孙老太这才点点头,说:"那就来个红烧豆腐吧。"

她这话一出口,大家都惊呆了,服务小姐忍不住"嗤"地一笑,说:"老太太,您就要一碗豆腐过生日?"

这时,三兄弟的父亲、也就是孙老太的老伴杨老头说话了:"我来点一只你们母亲最爱吃的菜。"他转而对服务小姐说:"小姐,我们点一只——红烧五花肉。"

孙老太白了丈夫一眼:"老头,你别瞎起劲,我可不吃那东西。"服务小姐也说这里没有这道菜。杨老头依然不让:"那请你们经理来。"

经理来了,杨老头坚持对经理说要点一只"红烧五花肉"。经理有些为难:"同志,实在对不起,我们事先没有准备,怕是一时烧不出来。"儿女们在旁边劝着说:"爸,没有就算了,平时妈又不吃肉,你不是知道妈见了肉就想吐吗?"

杨老头脸一沉,叹口气,摇摇头,说:"你们知道你妈为什么不吃肉,为什么见了肉就想吐吗? 那是二十多年前的一个中秋节,那天,我想起家里已经好几个月没闻到肉味了,于是千方百计弄来了一斤五花肉。吃晚饭的时候,一碗红烧五花肉端上桌,你们一个个见了眉开眼笑,你们妈便不停地给你们和我的碗里夹肉,可她自己却一点不吃,只是每次夹完肉之后,悄悄地嗦她那双筷子头。我见了心里酸呀,连忙夹了一块肉塞进她饭碗里,但她没有吃,还是趁我去添饭的时候,夹给了你们。就这样,一碗肉很快吃得精光,可是你们妈却连一口都没尝过。吃完饭后,你们妈在厨房收拾锅碗,我见她在烧过肉的锅子里撒上一些黑色的小东西,又掺上一些水,然后舀起一碗猛喝了下去。我不知道她在做什么,问她她也不说,可过不会儿,她就翻肠倒肚地大吐了起来,而且接连泻了好几天肚子,弄得两个眼窝都深深地凹了下去。从那以后,她见了肉就想吐……"

杨老头颤抖着声音说到这里，见儿女们都呆呆地望着他，接着道："知道你们妈喝的是什么吗？那是蟑螂屎拌水，叫戒肉汤，她硬是用那又脏又臭还带点肉味的水，来抑制自己吃肉的欲望。几十年来，你们妈省吃俭用，从牙缝里抠下钱来，供你们吃穿、上学，把你们养大。不易呵……"杨老头说到这里，两行清泪淌了下来。

孙老太见儿子、媳妇们都红了眼圈，便瞪了丈夫一眼："死老头，你别说了行不行？大家本来都高高兴兴的，你翻这些陈谷子烂芝麻干啥？"

站在一边的宾馆经理深有感触地说："我懂得这位老大爷的意思了。你这道红烧五花肉点得对，点得好！确实，我们菜谱上没这只菜，但我一定满足你的要求，我亲手为你去做，很快就好。"

经理走了。果然不到半个小时，一大盘红乎乎、亮闪闪、油光光、香喷喷，而且烧得很酥很酥的红烧肉端上来了。经理将肉摆到了孙老太的面前，说："老太太，请您尝尝我的手艺。"

孙老太起先把头扭向一边，紧皱眉头，怎么也不肯动筷，后来经不起儿女们的左劝右说，这才夹了一小块肉送进了嘴里，慢慢地嚼呀嚼，嚼了好一会儿，还是没有嚼碎。她觉得应该往下吞了，使劲一咽，坏了，肉在食管里卡住了，上不来也下不去，噎得她不停地咳嗽。儿女们都急了，有的捶背，有的端茶水，好一阵忙活，孙老太才将那块肉送进肚子里。孙老太叹了口气，说："唉，老了，牙没了，这肉也没法吃了。你们吃吧，快趁热吃。"

桌子上没一个人动筷，儿子、媳妇、女儿、女婿，一个个眼眶里都涌出了泪水。杨老头举起筷子，说："好了，苦日子熬出头了。大家别愣着，吃！"

（作者：祝春岗；讲述者：吴文昶）

（题图：张恩卫）

最温暖的房子

　　赵川在省城工作已有 18 年了,有了妻子,有了孩子,可至今还没有属于自己的房子。等到了可以贷款买房子的时候,他又没辙了:首期款也是一笔不小的钱,赵川挣的工资,除了用于日常开销,就花在租房上了。

　　手头没钱,赵川想买房子,于是就回到老家向兄弟姐妹借钱。

　　赵川有六个姐妹兄弟,借钱的结果是:大姐的孩子刚结婚,钱都花出去了,手中没钱;二姐做买卖赔了;三姐、四姐只能拿出一点点钱,杯水车薪;大哥想借钱给赵川,可嫂子不愿意;只有小弟,他偷偷地把一万元放到了赵川的兜里,可就这一万元,解决不了问题。赵川的购房梦破灭了……

两年以后,赵川还是住在租借的房里,多少个不眠之夜,对着城市万家灯火中的高楼大厦,赵川暗自叹息:什么时候,在这万家灯火之中,有一扇属于自己的窗户?

有一天,赵川乡下老家打来了一个电话,说他母亲病了,病得很重,需要住院手术,七个儿女,每人拿出五千元,一分都不能少。

赵川正好手头有点钱,于是就去银行取。

妻子拉着赵川的手,哭着说:"我们买房子正需要钱,你们家里非但不帮,还跟我们要钱,这像话吗?"

赵川气得打了妻子一下,说:"谁拦我,我跟谁没完!"他发疯似的跑了出去,心里只有一个念头:救母亲要紧,宁可不买房子……父亲死得早,是母亲把他们七个儿女拉扯大的;自己考上省城警官学院,读书需要一大笔钱,母亲没钱,但她后来又筹足了这钱;再后来,她就跟赵川现在的继父结婚了……

赵川去银行取了钱后,立刻心急火燎地赶到乡下,跪倒在母亲的床前……

两天以后,七个儿女凑齐了四万块钱,母亲望着那摞钱,泪水像断了线的珠子。

赵川劝母亲:"钱不够的话,我们再凑。"

母亲哽咽着说:"我不是难过,我是高兴,你们都有孝心……"她停了停,又说:"我想过一段时间再到城里去治病,先在家里养几天,你们也都挺忙的,都回家吧,有事我给你们打电话。"

赵川是最后一个离开母亲的。

那天早晨,他打点好行装向母亲告别,母亲把赵川叫到床边,说:"妈有个事想让你给办一下,这四万块钱,放在我这里总觉得心里不踏实,过几天还要到你那里去看病,不如你先把钱带去,存到银行里,下次我看病用钱方便。"

赵川点头答应了,拿着这四万块钱回到城里。

第二天,赵川正要去存钱,他的手机响了,乡下老家给他打来了电话:母亲已于昨日病逝,临终前,始终念叨着赵川的名字,并立下了遗嘱,说这四万块钱,是她给赵川筹措的贷款购房首付款,让赵川尽快把房子买下来,也好让她在九泉之下瞑目。母亲还说,等赵川以后条件好了,再把钱还给兄弟姐妹,他们的日子也不富裕……

听完电话,赵川泪如雨下,他心里在说:"妈,其实我早就有了一个温暖的大房子,那就是您——母亲对我的爱……"

(王保伦)

(题图:俞耀庭)

艾滋妈妈

　　这天,医院妇产科召开特别会议,院长说,有个艾滋病人要住进病房。

　　这个消息在妇产科顿时炸了锅,开会时院长在台上,没人敢吭声,可等会议一结束,就有护士抗议:"不行,万一感染了,谁负责?"一些医生也有意见:"要是污染了手术器械,造成其他病人交叉感染,怎么办?"

　　嚷归嚷,最后病人还是住进了产科病房。"艾滋病母亲分娩无感染婴儿"是医院的科研项目,这次连病人住院的病床号都是院长亲自定的:特护病房"19床"。院长说,是图个吉利。

　　19床的特护任务,落到了小林的头上。

　　小林刚从卫校毕业三个月,虽说初生牛犊不怕虎,但毕竟是新手,加上又是这么一个病人,所以她紧张极了,感觉如履薄冰。

第一天的检查内容是"验血",小林知道血液是艾滋病传播途径之一,所以除了戴口罩、帽子、穿长袖外罩,还特意挑了一双最厚的乳胶手套。推开病房门,小林先探头朝里望了望,然后硬着头皮说:"19床,我来检查啦!"

这时,19床正坐在床边的椅子上,腆着临产的肚子。小林以为得这种病的人,多少有点与众不同,一打量,发现她很普通,剪着短短的头发,穿着宽松的裙子,平底黑襻扣布鞋,脸颊上布满蝴蝶斑,一个标准的临产孕妇。

"你好!"19床微笑地看着小林,彬彬有礼地向她点点头。

小林心跳如雷,僵硬地笑了笑,然后拿起针筒,大概是太紧张了,一针下去没扎进静脉,反而把血管刺穿了,病人疼得眉毛都跳了起来。小林手忙脚乱地拿针管吸血,又小心翼翼地拿来棉球,不让血迹沾到自己手上。清理完毕,她抬眼看看病人的脸色,居然"风平浪静"。

"别慌,再试试。"19床轻声说道,声音温和而恬静。

回到办公室,小林忍不住对值班的李医生说:"这个19床,怎么看也不像得那种病的人。"

李医生反问小林:"那你以为得这种病的人应该是什么样的?"

一句话,把小林噎住了。

李医生把19床病历递给小林:"你看看吧。"

小林翻开病历一看,19床运气真不好,她本来是一所大学的老师,30岁就评上了副教授,前途可谓一片光明,然而人有旦夕祸福,就在一次去外地出差的路上,她遇到车祸,需要紧急输血,谁都没想到这次输血竟染上了艾滋病毒,而且直到怀孕做检查时才发现。

研究表明,艾滋妈妈生产的婴儿,受感染的概率轻者百分之二十,重者百分之四十,而且对于免疫系统被破坏的母亲来说,常常是致命的……

小林真为19床感到惋惜。

当天下午,19床的丈夫来了,这在妇产科引起一阵小小的轰动。一个艾滋病人的丈夫会是什么样子的呢?小林怀着好奇心,装作查房,又特意去了一趟病房。只见19床此时正坐在床上,把腿搁到坐在床边椅子上的丈夫身上,慢慢地梳头发,悠然自在;丈夫帮妻子轻轻揉着肿胀的双脚。阳光从窗户溜了进来,斑斑点点地定格在丈夫的手和妻子的脚上,这时,他们更像一对幸福的准父母。

"你觉得孩子像谁?"丈夫问。

"我呀!"妻子娇憨地撒娇,"皮肤不能像你吧?"

丈夫呵呵地笑:"看你的小脸,都成花斑豹了……"

小林假装整理床铺,听着他们细语呢喃,心里不断泛酸,眼泪都快流出来了,她赶紧走出病房……

19床每天必须服用多种药物,控制HIV病毒的数量,几乎每天都要抽血、输液,她那白皙丰满的手臂,从手背到胳膊,针眼密布。小林手生,常常一针扎不进,可19床从不发脾气,总是很安静地看着小林。仅仅护理了一个多星期,小林就喜欢上了她,还特地去买了几支新鲜的向日葵,插在花瓶里,放在19床的病房里。

19床的胎位正常,不过为了避免在生产过程中感染,医生早就商定了剖宫分娩方法,连手术计划都拟好了,就等着产期的到来。虽然离预产期还有一个多星期,但是19床是31岁初产,又身患艾滋病,所以全院上下都高度戒备,院长要求大家随时保持临战状态。倒是19床自己很镇静,每天看书、听音乐,还给未来的孩子写信,画一些素描,她的枕头底下已攒了厚厚一叠。

有一次闲聊,小林问19床,她的生育年龄偏大,又带病在身,为什么还要这个孩子。

19床一点不在意小林的唐突，她开朗地笑着，说："孩子已经来了呀，我怎么能剥夺他的生命呢？"

小林几乎是喊起来："你就没有想过？万一孩子被感染了怎么办？"

19床盯着小林放在病房里的向日葵看了半晌，方道："如果不试一试，孩子一点存活的机会都没了。"

小林的心情颇为沉重，病房里出现了死一般的寂静。

小林一时不知道说什么好，她正准备离开，19床轻声唤住了她，说："小林，我想拜托你一件事。万一我生产时出了什么状况，我先生一定会说要保大人，可我的情况你们医生知道，所以无论如何，孩子是第一位的。"

小林一听，眼泪不可抑制地流下来，她三步两步赶紧从病房里逃了出来……

日子一天天过去了。那天夜里小林值班，19床的手术已经安排就绪，排在第二天上午，可就在凌晨，办公室的紧急信号灯忽然闪烁起来，发出刺耳的响声。小林猛地坐起来，一看牌号，是19床，她一边招呼值班医生，一边就朝19床病房奔去。

惨白的日光灯下，19床的脸色也是惨白惨白的。小林掀开19床的被子一看，羊水已经破了，更要命的是，羊水是红色的，也就是说，19床子宫内膜已经非正常脱落，子宫内出血了。

19床的脸上第一次出现了慌乱的神色，因为她自己心里也十分清楚，原本胎盘可以屏蔽和过滤艾滋病毒，但一出血，意味着孩子遭受感染的可能成倍增加。她疼得额头上全是汗水，仍咬牙强忍着，积极配合医生进行手术前的必要准备。夜间担架一时没来，她二话不说，下了床，挪开步子就走。小林搀扶着她，她不管不顾，越走越快，仿佛她现在走快一秒，孩子将来不被艾滋病毒感染的可能就增多一分。

当19床终于躺在手术台上时,羊水已呈污浊色,这意味着她腹中的胎儿已经处于危险的缺氧状态。麻醉师给19床实行了硬膜麻醉,小林开始拿探针测试她的清醒程度。真要命,三分钟过去了,19床依然清醒地睁着眼睛,说:"很疼。"麻醉师汗如雨下,这种体质他还是头一次碰到,但是为了保证胎儿的健康,已经绝对不允许再对她加大麻醉剂量了。

19床死死握住小林的手,眼睛哀求地望着医生们,声音轻微而坚决:"救孩子!赶快救我的孩子!别管我!"

一分钟后,19床的手和脚被固定在产床上,麻醉师也预备好了针剂,主刀李医生闭了闭眼睛,真是不忍心下手。这是小林做护士以来,第一次在科里这个"王牌医生"的脸上,看到这样近乎绝望的神情。

手术刀迅速地在19床对麻醉不起反应的肚皮上划切下去,19床握住小林的手骤然间收紧了,咬着毛巾的口腔里发出含混不清、低哑却绝对撕心裂肺的吼叫声,只见她的身体剧烈地颤抖着,脸因疼痛而变形。小林还是第一次经历这样的场面,她根本无法把眼前这个手术台上的人和平时纤弱的19床合为一人……

终于,胎儿取出来了,由于脐带绕着了颈部,婴儿的小脸给勒得发紫,在李医生有节奏的拍动下,婴儿吐出口中的污物,发出了第一声微弱但清晰的啼哭。已经昏睡过去的19床听到声音,努力地睁开眼睛朝孩子看了一眼,眼皮就沉甸甸地合上了。

小林为19床解开手术床上的固定带,才发现她的手腕和脚踝处都已经磨出了血。而直到这时,小林才发现自己刚才被19床紧紧抓着的手,竟也像骨头断裂了似的,一阵阵剧痛。

但小林怎么也没想到,19床看孩子的那一眼,是她第一次也是最后一次看到自己的孩子,那双恬静爱笑的眼睛合上之后,就再也没有睁开。三天后,19床因为手术并发败血症,抗生素治疗无效,永远地离开了人间……

庆幸的是,经测试,那孩子的 HIV 原体为阴性!

医疗个案多了一个成功的例子,报社和电视台都要来采访这个健康婴儿。

小林在清理 19 床病房时,在她的枕头底下发现了她留给孩子的信,这些信都是由一页页文字和图画组成的。最上面的一页,画着一个大大的太阳,太阳下是一双小小的手;图画旁边写着:宝宝,生命就是太阳,今天落下去,明天还会升起来。只是每天的太阳都会不同。下面署着一个漂亮娟秀的名字:婉婷。

小林心里一顿,后悔极了,19 床有这么好听的名字,自己却一次也没有叫过她。

孩子出院的时候,小林把婉婷的这些信交给她的丈夫,丈夫的眼睛哭得又红又肿。

孩子好像也知道妈妈已经离他而去,一个劲儿地"哇哇"大哭,可当孩子爸爸一拿出妈妈留下的信,小家伙立即不哭了,兴奋地伸出手挥舞着。此刻,展现在孩子眼前的,是那幅美丽的图画,画上的太阳火红火红⋯⋯

(姜文华　改编)

(题图:王申生)

热雪

　　王伟是快乐超市的业务员,妻子是收银员,女儿是品学兼优的好孩子,这在小城里是个让人羡慕的小家庭。

　　可是,再好的家庭也有它的遗憾。

　　王伟年幼丧父,是母亲把他拉扯大的。现在王伟日子好过了,母亲应该享福了,可母亲却得了早期痴呆症,经常犯迷糊,说话颠三倒四不说,还常常不知冷热,这让王伟很头疼。有时,王伟甚至闪过一个念头:唉,这真是个累赘。

　　王伟和妻子一商量,就将母亲送到顶楼去住,这样,母亲就不会打扰他们的生活了。当然,王伟并不是不孝,他给母亲顶楼的房间装了彩电,在阳台上种了几盆花,还放了个煤炉,母亲可以看电视、浇花,兼着烧热水,每天这样过着,倒也相安无事。

王伟想:房屋开发商想得真周到！七层楼房,顶层不好卖,他们就来个"买七送八",在七层上再加盖顶楼,有一个房间和一个大阳台,既可以供来客住宿,夏天的晚上还可以在阳台上乘凉,无意间还帮王伟解决了这个大问题。

自从把母亲安置到顶楼住以后,王伟夫妻俩就几乎没上去看望过母亲,一来夫妻俩工作忙,二来嘛,母亲住在楼上也无声无息、太平无事,王伟也放心。

这年寒冬的一天夜里,人们吃过晚饭,就早早地偎到床上看电视去了。

下半夜,王伟听见外面有什么东西破裂的声音,疑惑地推醒妻子,问:"外面是什么动静? 好像有什么东西塌掉了?"

妻子听了听,说:"别理它,又不是我们家。"说完,就又睡去了。

可是这晚王伟被窗外的声音闹得心神不宁,怎么也睡不着,他躺在床上胡思乱想着,心情越来越坏。几天前单位会餐,有个外号"半仙"的同事小张硬要给他测字,他随口说了个"宋"字,小张惊讶地说:"哎呀,你别不高兴,这个字不吉利。你看,上面是家,下面是木,意思是家里有木头,是不是家里有个木头一样的人?"王伟觉得小张这是在嘲笑他,他绝对不能忍受,当时一气之下就拂袖而去。此刻,王伟想起这件事来翻来覆去就更加睡不着了,他决定要把母亲送走,哪怕是送到养老院去也行,明天就行动。

天终于亮了,外面吵吵嚷嚷的,王伟急忙起床,拉开窗帘,见外面白茫茫一片。原来,昨晚雪整整下了一夜,到现在仍纷纷扬扬没有停歇,对面楼顶上的一只只太阳能热水器,都成了一个个雪堆。

王伟推开窗户往下看,发现几乎所有人家窗户上的雨篷都被雪压塌了,他这才恍然大悟:昨晚听到的破裂声,原来是雨篷塌掉的声音。他不由抬头往自己窗户上看了一眼,奇怪,自家的雨篷却是好好的。

这是怎么一回事?

正纳闷着,女儿推门进来,说:"爸,下好大的雪呢,奶奶在楼上会不会冷?"

王伟正想着雨篷的事,没有理睬,女儿"哼"了一声,转身就往楼上跑。不一会儿,她在楼上叫了起来:"爸爸! 快上来!"

王伟不知道出了什么事,赶紧上到顶楼,眼前的景象让他惊呆了——雪花飘飘的阳台上,他的老母亲穿着破旧的棉衣,手里拿着喝水的塑料杯,从煤炉上的壶里接了热水,靠着阳台栏杆慢慢地往下面的雨篷上倒。寒冷的风雪中,母亲的手颤抖得厉害,但她似乎忘却了这一切,安详而专注地倒着热水。

一杯倒完了,母亲回过身,准备再接一杯,忽然看到儿子,就有些惊讶,手足无措地说:"我、我不是故意的,半夜里,雪下得很大,我怕雪压塌了雨篷,吵醒了你们,就去浇热水,雪被热水一浇,不就能化了吗,雨篷就不会压塌了呀! 是……是不是浇水的声音把你们闹醒了? 唉,我……我真的是老不中用了!"

"妈!"看着母亲满脸皱纹,一头的白发,一身的雪,王伟的眼泪涌了出来,他紧紧抱着母亲,任凭寒风萧萧,飞雪飘零。

(耿建华)

(题图:安玉民)

爱心密码

　　这天一大早，李小力就接到电话，说他在乡下的父亲去世了。他闻言大惊，立刻带着老婆、儿子赶了去。忙完丧事后，一家三口向乡亲们道了谢，就准备回城。

　　这时候，父亲的生前好友王老伯喊住李小力说："小力，你父亲临走前有个话，要我一定转告你。"

　　李小力听说父亲有话，就问："王老伯，我父亲说什么了？"

　　王老伯说："小力，当着这些父老乡亲的面，我告诉你吧。你父亲生前省吃俭用，好不容易存下了 4000 块钱。"说着，他从口袋里拿出一张银行卡，递给李小力，"就这。你父亲说，这些钱留给你——"

　　李小力接过银行卡，正要说什么，就在这时，他的手机响了，原来单位要他尽快赶回去,因为突然有一笔业务出了点岔,要他回去处理。情急之下,李小力就带着老婆、儿子匆匆辞别了乡亲们,走了。

回到城里,把事情处理完,看到这张银行卡,李小力才想起忘记问王老伯卡的密码了。不过他想,王老伯既然没告诉自己,可能这密码就很简单,比如六个"1",或者六个"8"之类。然而,他在银行里把"1"或"8"分别输入好几次,号码都对不上。他想了想,又把家里的电话号码、门牌号码试了试,结果都大失所望。

李小力有点恼,给王老伯打电话的时候,不由嘀咕说:"我父亲也真是,要设什么密码呢,六个'1'不就得了,他也不想想我有多忙,哪有时间一趟趟跑银行!"

"有多忙,比总理还忙?"王老伯不乐意了,在电话那头说,"小力,那天你走得匆忙,我也没来得及给你细说。你父亲把这卡的密码叫做'爱心密码',我本来是可以告诉你的,但我现在倒要考考你,不告诉你了!你父亲还叮嘱我,如果你真的太忙,一个月内不取走的话,这钱就由我经手捐给村里的养老院了。"说完,王老伯"啪"重重地把电话挂了。

"爱心密码"?难道密码是父亲的生日?或是父母亲的结婚日期?说到这些,李小力还真的不知道。他大学毕业后在城里有了工作,安了家,除母亲去世时回过一趟老家外,以后就再也没有回去和父亲团聚过,父亲的生日他早忘得一干二净了。

李小力心底不由涌出了一丝内疚,他先去了趟派出所,查出父母的生日,还顺带查了一下父母亲的结婚日期,然后就去银行刷卡。让他再一次失望的是,他一一试下来,这些都不是父亲设的爱心密码。

时间过得很快,一晃一个月的期限到了,李小力回到农村老家,找到王老伯,说:"我把父亲所有可能设密码的数字都试过了,结果没有一个是对的,我实在是解不了,您老人家就直接告诉我吧!"

王老伯摆摆手,说:"对不起,小力,你解不了密码,这钱你就没法得到了,你父亲的遗嘱说得很清楚,这钱就只能捐给村里的养老院了。"

李小力垂头丧气地说:"看来,我父亲是不想把这钱留给我了,他这样做,也太不近人情了吧?"

王老伯闻听,勃然大怒:"混账! 你有什么资格说你父亲不近人情? 你父亲在世时,拼死拼活地挣钱,他五十多岁时还外出打工,什么样的重活、脏活、苦活没干过? 有一段时间因为找不到活干,挣不到你的学费,你父亲就去卖血,把换来的钱寄给你,供你念大学。可你呢,大学毕业进了城,就把你父母忘了,再也不愿回乡下了。他一个人在乡下好孤单,你知道吗? 多少次捎口信、打电话叫你回来,陪他说说话,或者吃顿饭,可你总说工作太忙,走不开,一次也不愿回来。你知道你父亲心里有多苦吗? 他常常一个人站在村口,向城里方向望呀、望呀,直念叨你的名字!"

李小力听王老伯说这番话,如雷轰顶……

王老伯叹了口气,拍了拍李小力的肩膀,说:"后悔了吧? 你醒悟得太晚啦! 现在我告诉你吧,你父亲设的爱心密码是324361!"

324361? 什么意思? 李小力露出满脸的困惑。

王老伯说:"这意思你还不懂? 3月2日是你的生日,4月3日是你爱人的生日,6月1日是你宝贝儿子的生日呀!"

李小力"扑通"一声跪倒在地,泪流满面:"爹,儿子对不起你呀……"

(邓耀华)

(题图:安玉民)

最美的音乐是无声

　　每天清晨或傍晚，你都会在小城街头看到一个老头儿，推着一辆豆腐车慢慢地走着，豆腐车上的电喇叭里不时发出一个清脆的女声："卖豆腐，正宗的卤水豆腐！"那个声音就是张小丫，老头儿是她爹。张小丫的爹是个哑巴，张小丫直长到22岁的今天，才有勇气把自己的声音放在她爹的豆腐车上，替换下爹手里摇了几十年的铃铛。

　　两三岁时，张小丫就为自己有一个哑巴爹感到屈辱。张小丫在家里排行第三，上面有两个哥哥，村里人从来不喊张小丫的名字，就喊张小丫"哑巴老三"，好像张小丫也是个哑巴似的；张小丫和小伙伴吵架，他们甚至把"老三"这两个字都去掉了，"哑巴、哑巴"的喊得震天响，一面喊一面还学张小丫爹比划手势的模样,扮着鬼脸嘲笑张小丫。因此,张小丫从小就恨自己为什么会有这么一个哑巴爹。

有的小孩被大人使唤着来买豆腐,却不给钱就跑,张小丫的爹急得伸直了脖子也喊不出声来。每逢这时候,张小丫绝不会像哥哥们一样追上那孩子揍两拳,张小丫不恨他们,只恨自己爹是个哑巴。所以,每当爹特别无助而张小丫又仇恨般地在一旁冷眼看他时,爹就会一个人伤心发呆,或者把瘦小的身子缩成更小的一团,靠在做豆腐的磨杆或者磨盘旁边,显出更让张小丫瞧不起的样子。

张小丫对自己说:我一定要好好念书,一定要考上大学,一定要离开这个想起来就让自己伤心的地方。就是用这样的信念支撑着,张小丫发疯般地读书,终于如愿以偿。

可是,以后事情的发展,却是张小丫怎么也料想不到的。

那是在张小丫接到大学入学通知的那天,她的哑巴爹一脸郑重地把一叠还残留着生豆腐腥气的钞票递到她手上,两只手不停地比划着。张小丫当然明白爹的意思,爹是说这是他多年做豆腐攒下的钱,早就为她准备了的,他知道她准会有这么一天。望着爹脸上洋溢着的那种为她考上了大学而分外骄傲的神情,捏着这叠浸透着爹的血汗的钞票,张小丫的心里不禁颤动起来。随后,张小丫看到爹领着两个哥哥把家里养了两年的大肥猪拉出去宰了,乐颠颠地跑前跑后,把全村的乡亲们都请了来,比划着说要好好庆贺庆贺。

看着这一切,张小丫的心颤动得厉害,有点想流泪,她突然觉得,自己以前对爹是不是太不讲父女情分了? 吃饭的时候,张小丫第一次给爹夹了一块大肥肉,这时候,她看到爹的眼睛里放出了从来没有的光亮,端起大碗的高粱酒,大口大口地喝着,再吃上张小丫给他夹的大肥肉,爹醉了! 爹的脸那么红,腰杆儿那么直,手语打得那么潇洒,张小丫情不自禁地喊了声"爹——"要知道，十多年了啊，爹从来没有看到过张小丫喊他"爹"的口形。爹愣了愣，站起来，一把抱住她，号啕大哭。

打这以后，爹越发辛苦地做着他的豆腐，用带着生豆腐淡淡腥气的钞票供张小丫读完大学。毕业之后，张小丫在距老家四十里外的一个中等城市里找到了一份不错的工作，趁假期，她回去看爹，可谁想就在回乡途中，出了车祸……

后来发生的一切是大嫂告诉张小丫的：过路的人中有人认出张小丫是哑巴老三，于是赶紧通知她家。腿脚麻利的哥哥、嫂嫂先赶了来，看到躺在地上浑身是血的妹妹，他们就乱了阵脚，光是哭作一团，完全没了主意。爹是后来才赶到的，他拨开人群冲进来，一看到张小丫这个样子，一把就抱起她，也不管人家怎么断定张小丫必死无疑，爹伸手就硬拦下一辆过路的大卡车。他用脚支撑着张小丫的身子，腾出一只手来，从口袋里摸出一大把卖了豆腐的零钱，塞到司机手里，然后不停地比划着手势，求司机把张小丫送到医院去抢救。大嫂说，平时懦弱的爹，在那个时候却显出了完全不同于往日的果敢和镇静。

在初步处理了张小丫的伤口之后，医生明确让张小丫哥哥赶紧替张小丫转院，并直截了当地说，像张小丫这样的情况，只能死马当作活马医，因为当时送到医院的张小丫几乎量不到血压，脑袋被撞得像个瘪葫芦。

哥哥、嫂嫂已经在为张小丫做后事准备了，可是爹坚决撕碎了他们为张小丫买来的丧衣，他急速地打着手势，告诉他们："你们的妹妹不会死，她今年才22岁，我们一定要救活她！"

爹要哥哥们把他的意思转告医生，可是医生听了之后仍然表示无能为力。医生说："这姑娘能被救活的可能性很小很小，你们家属一定要有思想准备，而且这个抢救要花好多好多钱，还不一定能见效。"

哥哥把医生的意思打手语告诉给爹听，爹立刻就跪在了地上,又马上站起来,指指张小丫,高高地扬扬手,再做着种地、喂猪、割草、推磨等等活儿的姿势,然后翻出已经掏空了的衣袋,伸出两只手使劲地比划着。哥哥把爹的意思告诉医生:"我爹说,求求你们救救孩子,你们一定要救她,我爹说,他会挣钱交医药费的,他能干各种活儿,他有钱,他现在口袋里就有四千元钱。"

医生握住爹的手,摇摇头,表示这四千元钱是远远不够的。

爹急了,他指指张小丫的哥哥、嫂嫂,紧紧握起了拳头:"我们家不是我一个人,还有他们,我们全家一起努力,一定能做到。"他又抬头指指屋顶,低头跺跺脚,"我们有房子,可以卖掉,就算倾家荡产,也一定要把孩子救过来!"他转过身,对张小丫的哥哥比划了一阵,哥哥哭着对医生说:"请医院相信我们,我们绝不会赖账的,我们一定会想办法把钱凑齐。"

平时看惯了生生死死的医生们,此刻都被张小丫的爹感动得泪流满面,张小丫终于没有转院,直接被推上了手术台。手术中,张小丫的爹寸步不离地一直守在手术室门口,忍着满腹的焦虑,满嘴起了大泡,却没有掉一滴眼泪。

手术进行了十多个小时,一定是爹的父爱感动了上苍,张小丫终于活下来了!可是在手术后差不多半个月的时间里,张小丫一直昏睡不醒,近乎一个植物人,爹就用粗糙的手轻轻地为张小丫按摩,用不会发音的嗓子一个劲儿地对着张小丫"哇啦哇啦"地呼叫,他拼命想把张小丫叫醒过来。为了让医生和护士对张小丫照料得更好,每次哥哥来换陪护的空当,他就赶回家去做热腾腾的水豆腐,拿来送给所有的医护人员。尽管医院里有不准收病人东西的规定,但面对如此质朴而真诚的表达,医护人员实在不忍心拂了爹的这片心意。

为了筹齐张小丫的医疗费用,爹走遍了他卖过豆腐的每一个村子,用他大半生做人的忠厚和善良,赢得了足以让张小丫穿越生死线的支持,热情的乡亲们纷纷拿出钱来,而爹也毫不马虎,用记豆腐账的铅笔,歪歪扭扭却认认真真地在小本子上一笔一笔记下:张三柱,20元;李刚,100元;王大嫂,65元……

当半个月后的这天清晨,张小丫终于睁开眼睛的时候,她看到了一个瘦得脱了形的老头儿,张大了嘴巴,因为看到女儿醒来而惊喜得"哇哇"大叫的神情。就在张小丫遭遇车祸的这半个月里,爹整整老去了二十年。

后来,张小丫剃光了的头发慢慢长出来了,爹抚摸着张小丫的头,慈祥地笑着。曾经,这种抚摸对他而言,是多么奢侈的享受啊!等到半年后张小丫的头发勉勉强强能扎成小刷子的时候,张小丫拉过爹的手,请他为自己梳头。爹兴奋得脸涨得通红,那双做惯了豆腐的手立刻变得笨拙了,半天也没梳出一个他满意的样子来。可张小丫不在乎,就晃着爹给梳的小刷子似的头,坐上爹用豆腐车改成的小推车上街去。有一次,爹半路上停下来,转到张小丫面前,做出抱张小丫的姿势,又做了抛的动作,然后捻手指表示点钱,他要把张小丫当豆腐卖咯!张小丫故意捂着脸哭,爹就无声地笑起来,张小丫隔着手指缝儿看他,他笑得蹲在地上。

这个游戏,一直玩到张小丫能够重新站起来为止。

现在,除了偶尔的头疼外,张小丫已经恢复得十分健康,爹因此而得意不已。后来,他们全家一起努力,还完了欠债,爹也搬到城里和张小丫一起住。只是爹勤劳了一生,实在闲不下来,张小丫就在附近为他租了一个小棚屋做豆腐坊,张小丫爹做的豆腐香香嫩嫩的,块儿又大,可受大家喜欢了。

张小丫特意给爹的豆腐车装上电喇叭,尽管爹听不到张小丫清脆的叫卖声,但他心里一定知道,他女儿的声音是这世界上最好听的声音,所以每当按下电喇叭按钮的时候,他就会得意地昂起头来,脸上洋溢着幸福和知足的神情。

有好多次,张小丫真想好好向爹忏悔自己当年对他的歧视和记恨,可是看到爹这么快乐,都不忍再向他旧事重提了。张小丫常在心里想:人间充满了爱的交响,我们倾听、表达、感受、震撼;然而是我的哑巴爹让我懂得,其实世界上最美的音乐是无声,那是不可怀疑的力量,把我对爱的理解送到最高处。

(推荐者:庞嘉良)

(**题图**:安玉民)

孝 敬 双 亲

尊重是一道栅栏,既保护着父母,也保护着子女,使父母不用忧愁,使子女不用悔恨。

可怜天下儿女心

　　齐大江从小没了爹，是娘把他拉扯大的。这几年，他进城做生意，发了大财，便把娘接到城里享福。

　　这天晚饭时，菜刚上齐，老太太正准备动筷子，齐大江忽然神秘地笑了笑，说："等一等，娘，还有个东西，保管您爱吃。"

　　老太太瞅了他一眼，说："你鬼头鬼脑的，干啥呀？"

　　齐大江并不说话，只是从橱里拿出个盘子，放到饭桌上、一掀盖子，哇！一盘香喷喷、热气腾腾的麻婆豆腐像变戏法似的出现在眼前。

　　老太太一看是豆腐，脸上立刻乐开了花："嘿，好久没吃这玩意儿了，想得慌呢！"

　　齐大江心里欢喜得不得了。他知道娘在乡下时最喜欢吃豆腐,可进城后,自己每天像陀螺一样在生意场上转个不停,都没时间给娘做点合口的家乡菜吃。今儿他特意抽出空,去买了最新鲜的豆腐,自己琢磨着做了一盘麻婆豆腐,想让娘饱饱口福。

老太太咂咂嘴,左看右看,舍不得吃。

"娘,再不吃就要凉了。"齐大江在一旁直催促。

"哦,这就吃!"老太太终于伸出筷子,夹了一块,送进嘴里。

齐大江正想问娘味道如何,忽然见娘的眉头皱了皱,好像很勉强才咽下去。齐大江纳闷了,问:"怎么了?娘!"

老太太摇了摇头,幽幽地说:"这是啥豆腐?不地道。"

齐大江赶紧夹了一块,尝了尝,说:"没什么问题啊。"

可老太太已没了胃口,搁下筷子说:"不好吃。"

齐大江急了,心说:娘就这口爱好,要是满足不了,我对得起她老人家吗?

第二天,他起了个大早,又跑到市场里挑豆腐。忙乎了个把星期,城里的菜市场都跑遍了,也没找到老太太合口的豆腐,不是太酸,就是太沙,再就是石膏味重,害得老人家好几次还没嚼就都吐了。

齐大江终于明白了:现在这东西水了,哪有家乡的豆腐好哇!难怪娘一个劲儿地念叨:"许家豆腐,那才叫豆腐,又嫩又滑。"

原来老太太吃了几十年的许家豆腐,吃上了瘾,吃出了感情,别的豆腐都不下饭。可怎么才能让娘继续吃上许家豆腐呢?齐大江琢磨了半宿,第二天一早,他开上自己的轿车,向老家驶去,他决定亲自去买些许家豆腐回来。

好在到老家还不算太远,两百来里路,两个多小时就到了,可来到市场上一看,齐大江发现根本没有许家豆腐的摊子。

他觉得很奇怪,好端端的怎么就没了呢?有好事者告诉他:

"许家不做豆腐有些日子了,不知道为什么,反正说不做就不做了。"

齐大江心灰意冷,只得驾车回城。车开出去十几里了,他还是心有不甘:难道就这么白跑一趟吗? 难道咱娘就没这口福了? 不行,我一定得找到许家,问问他家为什么忽然不做豆腐了。这样一想,他立刻调转车头,又开了回去。

好不容易找到许家,就见一个六十多岁的老头正蹲在门口晒太阳。

齐大江一看,亲热地叫道:"许伯!"

老人抬头看了看他,嘴巴动了动,站起身来,疑惑地问:"你是……"

"许伯,我是唐秋香的儿子呀,以前我们是老街坊哩。"齐大江边说边给老人上烟。

"哦,想起来了,那时你还是个顽皮的小子,到我家偷过豆腐,还被你娘打了一顿呢。"许老头高兴地拉着他的手,上下打量着。

两人聊了一会儿,许老头终于明白了齐大江的来意,心情顿时沉重起来:"我不做豆腐了,做不动了。"

"可许家豆腐是老字号哇! 镇上的人都喜欢吃哩,为什么不教给你的孩子们干呀?"

许老头叹了口气,说:"年轻人不喜欢干这个,咱也不能强求是吧?"

齐大江恳切地说:"你们不做豆腐,太可惜了,我娘吃了一辈子豆腐,就认定你们做得好,又滑又嫩,一顿没有,饭都吃不下。我还以为把她老人家接到城里她就享福了呢,谁知道我娘一点也不开心,她就爱吃你们许家豆腐,可你,你现在又不做了……"齐大江说着说着,难过起来。

许老头眉头紧锁,一声不吭,烟都快烧到嘴了还咬着。齐大江软磨硬缠了半天,许老头也没再说什么。

眼见到了晌午,许老头的孙子都放学回来了,齐大江觉得再待下去很尴尬,便起身告辞。

他打开车门,刚要上车,许老头忽然叫住了他:"小伙子,你等等。"说罢转身进屋,不一会儿拿出个布包来,说:"看你是个孝顺娃子,我才帮你。喏,这是我们许家豆腐的制作配方,我送给你,拿回去好好琢磨琢磨……"

齐大江高兴极了,拿着配方,千恩万谢地走了。

回到家,齐大江就捣鼓开了。功夫不负有心人,没几天"许家豆腐"真就做出来了,齐大江兴奋得手舞足蹈,心想:这下娘可有得吃了。

老太太听说是正宗的许家豆腐,马上兴致勃勃地品尝起来。

娘三口下肚,齐大江紧张地问:"咋样?"

母亲说:"嗯,差不多,还可以。"

齐大江心里顿时凉了半截:差不多,那就是说,还不是地道的许家豆腐。果然,母亲没把那盘豆腐吃完。

齐大江心里一合计:不行,还得去请教许老伯!

齐大江第二次来到许老头家,把心中的苦恼倒了出来。

许老头想了想,告诉他:"别的没错,错就错在这水上。咱的豆腐是拿井水做的,你们城里用的是自来水。问题就出在这上面。"

听了许老头的话,齐大江的眉头拧成个疙瘩。这可咋办?

"要不,你拉两桶回去试试?"许老头建议道。

齐大江想了想,说:"也好,先试试看。"

许老头帮齐大江弄了两塑料桶井水,装得满满的拉了回去。一试,嘿!真神了,老太太吃着这家乡井水做的许家豆腐,如饮琼浆玉液,嘴里那个美呀!

这下齐大江乐坏了,比他当初赚第一个十万元还开心。

老太太吃了三天豆腐,齐大江跟着高兴了三天。第四天,齐大江高兴不起来了,为什么? 家乡的井水用完了。

齐大江只好像哄孩子似的对老太太说:"娘,干脆咱们回老家得了,反正咱现在钱也挣够了,我就陪您回去安度晚年吧!"

老太太听说要回老家,浑浊的双眼立刻变得神采奕奕:"好呀! 我还是喜欢坐在门前老槐树下晒太阳,唠嗑……"

一切安排妥当后,母子俩选了个良辰吉日,上路了。

一路上,娘俩说说笑笑,齐大江提起许老头,老太太话就多了:"你许伯伯年轻的时候跟我还有点故事哩。他喜欢看我,那时候,嗯,我还是镇上的一枝花呢,回回跟他打照面,他都傻不叽叽地看我。呃,你许伯是个老实人,从来没跟我说过话,可我看得出来,看得出来他心里有我……"

齐大江真没想到母亲跟许老头还有这样一段故事。联想到许老头的慷慨赠送,他忽然悟到:许老伯不干老行当,莫不是因为娘? 就像传说中的俞伯牙摔琴谢知音?

车进入小镇,齐大江不由自主地向许老头家开去。

轿车惊动了不少乡亲,大家纷纷踮起脚尖来看,都在猜测,许老头也在其中。等车到了眼前,他才醒悟:唐秋香的儿子又来了……

轿车在许家门前停住了,齐大江从车里下来,满面春风地对许老头说:"许老伯,您猜谁来了?"

许老头眨巴了几下老眼,憨憨地摇了摇头。

齐大江说:"我娘回来啦! 我把她接回来住,就是为了能天天吃上你们许家豆腐哇!"

这时,许老头已经看见车里的唐秋香了,他激动地说:"那敢情好,唐嫂子回来住,我保证她顿顿吃上正宗的许家豆腐……"

围观的人群里,有人打趣道:"哎! 许老头,你不是不干老行当了么?"

许老头脖子一梗:"那咋啦?还可以重出江湖嘛。"

众人哄堂大笑。

齐大江撒了一圈烟,转过身请老太太出来:"娘!咱到老家了。"

车里却没有动静。

齐大江便伸手去搀娘。呀,老太太身体僵硬僵硬的!

齐大江心中一激灵,大声喊道:"娘!你咋啦?娘!你醒醒呀……娘……"

再看老太太,神情安详,嘴角带着笑,不知什么时候已经到天上享福去了。

(郭 超)

(题图:安玉民)

打
猪
猪

　　有个小男孩,长得虎头虎脑,憨憨乎乎的样子,村里的大人都喜欢逗他玩儿。

　　这几天,小男孩的妈妈病了,住不起医院,只好在家养病,小男孩一放学就赶回家来陪伴妈妈。见妈妈好几顿都没吃饭,这个小男孩心里挺着急,就问妈妈想吃点什么。

　　妈妈苦笑了一下,说:"好儿子,妈妈没胃口,什么也不想吃。"

　　小男孩一听妈妈说什么也不想吃,急得直哭。

　　妈妈心疼地抚摩着小男孩的头,想了想,说:"要不,你到隔壁婶婶家要几个萝卜来,给妈妈开开胃。"

　　小男孩眨着眼睛说:"妈妈,我们家菜地里不是也有萝卜吗?"

妈妈叹了口气,说:"为给妈买药治病,你爸早几天就把萝卜卖光了。"

隔壁婶婶是个精怪女人,小男孩一点也不喜欢她,但这次没办法,小男孩只好硬着头皮到隔壁去了。

此时,隔壁婶婶正好在她家的菜园里坐着呢,她手里拿着一根棍子,正在吆喝着什么,小男孩走上前去,怯生生地说明了来意。

隔壁婶婶嫌小男孩家穷,一直就看不起他们,于是就想捉弄捉弄这个小家伙。她对小男孩说:"你妈要吃萝卜?这好说,不过,你得给婶婶做件事。"

小男孩歪着头说:"只要您肯给萝卜,要我做什么都行!"

隔壁婶婶说:"你看见没有?地头上那只小猪猪不知是谁家的,跑出来偷吃婶婶家的萝卜,害得婶婶整天守在这里。婶婶太胖了,跑不过它,你去给婶婶出出气,狠狠地揍它一下!"说着,她将手里的棍子塞给了小男孩。

小男孩一听,手勤脚快,提起棍子就直奔那只小猪猪。

可奇怪的是,那只小猪猪见了小男孩既不跑也不躲,还一个劲儿上前"呵呵呵"地套近乎。小男孩毫不客气地举起手里的棍子,眼看小猪猪就要挨打了,突然,小男孩的手放了下来。

原来,小男孩认出那正是自己家的小猪猪。他知道,这只小猪猪可是妈妈的宝贝疙瘩儿,自己明年的学费也全指望它呢!这几天因妈妈病了,没人好好照管它,它才跑出猪栏偷嘴的,小男孩怎么忍心打它?小男孩一声吆喝,把小猪猪赶跑了。

小男孩拖着棍子回来交差,隔壁婶婶可不满意了。隔壁婶婶说:"我叫你狠狠打它一下,你怎么不打呀?"

小男孩嘟起小嘴说:"我……我打了,只是没打着。"

隔壁婶婶说:"你小子就别蒙我了,婶婶虽然身子笨,眼睛可比你小腿跑得快,早看出来了,是你压根儿就不想打它!明跟你说吧,你要是不打小猪猪,婶婶就不给你萝卜!"

小男孩儿见婶婶这样刁难自己,小脸都气红了,心说:几个臭萝卜有什么稀罕的!一转身,拔腿要走。可是一想到病在床上的妈妈,他怎么也迈不开步。

顿了一下,小男孩回过头来,忍气吞声地问:"婶婶,你一定要我打着小猪猪才算数吗?"

隔壁婶婶一脸认真地说:"婶婶是几十岁的人,可不跟你小孩子开玩笑,只要我亲眼见你打着了小猪猪,保证给你一大筐萝卜!"

小男孩伸出小指头来,说:"那,咱俩拉拉钩!"

"拉就拉!"隔壁婶婶也不含糊,一边和小男孩拉钩,一边咧着大嘴呵呵直乐。

拉完钩,小男孩举起棍子,原地来了个马步蹲,嘴里大喊一声:"嗨!"只见他手起棍落,头上顿时肿起了个大包包。

隔壁婶婶一见,吓得尖叫起来:"哎呀,你这孩子,怎么这么傻,我要你去打小猪猪,你打自己干吗?"

小男孩忍着眼泪说:"我的名字也叫猪猪。你刚才不是说,只要打着小猪猪,就算数吗?"

隔壁婶婶这才恍然大悟,她一把将小男孩搂在怀里,后悔不迭地说:"傻孩子,婶婶是逗你玩的,我知道那只小猪猪是你们家的,你不会打它。没想到你……你这个小猪猪这么较真。这不,你妈要的萝卜婶婶早就准备好啦!"

（金　戈）

（题图:王申生）

胎　　记

　　李芬心里一直有个疑团解不开，那就是她今年已经27岁，长这么大了，却还不知道自己的亲生父母在哪里。

　　李芬的养父告诉她，她是被从浙江抱养来的，抱来的时候才三个月大，连名字都没起。李芬在一家外资企业工作，去年春天结的婚，自己也快要做妈妈了，李芬心想，这个秘密无论如何要在自己孩子出世前解开来！

　　就这样，李芬坐火车千里迢迢赶到浙江。可是人海茫茫，到哪里去寻找自己的父母呢？最后，李芬找到当地的一家报纸，在上面登了一则启事，说明自己的出生年月及千里寻亲的情况，还公布了自己的手机号码，然后就在一家旅馆里住了下来。

　　启事登出来之后，李芬的手机一直响个不停。一次，有一个女人打来电话，一接通就哭了，说她有个女儿，算起来也是二十七岁了，出生不久就因为家里穷，养不起，被孩子爹狠心丢到了火车站的候车室。

李芬也忍不住哭了，问那个女人："你女儿身上有什么明显的特征吗？"

那个女人说："有的，有的，她有一大块胎记。"

李芬的心"怦怦"跳起来，赶紧问道："胎记在哪？"

"在她的背上！我记得很清楚，右背靠近头颈的地方！"

李芬听了，仿佛一盆冷水从头浇到底。胎记，现在是李芬能知道自己是谁家女儿的唯一证明，李芬的右脚掌心有一块鹅蛋大的胎记，这她对谁都没提起，包括对记者也没说。

一直到第三天早上，李芬接到的几十个电话里，都没有能对上号的。

中午，李芬一点也没有心思吃饭。忽然手机又响了，是个男人的声音，他说自己有个女儿，生于某年某月，具体情况跟报纸上登的差不多。他说李芬如有兴趣的话，可以到离城不远的陈家村去认一认。

李芬说："我对这里人生地不熟，不认识陈家村怎么走，要不你来旅馆见一面？"

男人说："你可以'打的'去呀！直接到陈家村口，那幢五层小洋房就是。"

搁了电话，李芬想：这人也太牛了，谁知道他的话是真是假。想不去，可又担心自己要找的就是这家，所以最后还是决定去一趟。

李芬上街拦了一辆出租车，让司机往陈家村开去。到了村口，果然看到一幢别墅，在一片砖瓦房的村落里，看起来显得"鹤立鸡群"。

李芬上前按了几下门铃，人没出来，先蹿出来两条狼狗，把李芬吓了一大跳。接着,出来一个六十来岁的男人,喝住了狗,给李芬开了门。

在一楼客厅,男人说:"电话是我打的,从前家里穷,连生了两个女儿,死活想再生个儿子,结果第三胎还是个女儿,最后把女儿送了人。"

男人问了很多李芬的情况,接着又问她养父母的情况。李芬故意叹了口气,说养母一直卧病在床,需要自己挣钱赡养。男人听她这么说,脸上就露出了一丝犹豫。男人说,别看现在家里房子挺有模样的,其实也欠下不少钱。

正说着,从楼上下来三个青年男女,男人介绍说,那都是他的女儿和儿子。可这三个人对李芬都一副爱理不理的样子,用怀疑的眼光看着她。李芬心想:别以为你们有点钱,我又不是来分你们财产的!

正想着,三人中的一个鼻子里"哼"了一声,说:"我们家姓陈,你姓李,你怎么会是我们家的人呢?"

李芬说:"我这名字是后来起的,我养父姓李,所以我就跟着他姓了。"

那三个一听,把脸拉得老长,"噔噔噔"转身就上楼去了。

李芬觉得再呆下去也没有多大意思,就起身告辞。

临走时,那男人好像突然想起什么似的,说:"我记得,我女儿脚掌上有一块胎记……"

男人的话一出口,犹如一个惊天响雷,把李芬炸得头都晕了。千里寻亲,如果寻来的是这样一个家庭,还有相认的必要吗?李芬心如止水,她不敢再想下去,抬起头,看了男人一眼,冷冷地说:"哦,我脚掌上从来没有什么胎记。对不起,打扰了。"

返回路上,李芬泪如雨下,她越想越觉得心灰意冷,决定下午就结束寻亲之旅离开此地。她从旅馆拿了行李,来到火车站。

就在这时,她的手机又响了,这一次,是一个苍老的声音。

打电话的老太太哽咽着,结结巴巴地说,自己这一辈子最感到良心不安的,就是年轻时犯了个大错误,把女儿送给人家了。也许是老天惩罚他们,让他们老来丧子,去年儿子在一场事故中去世了,现在就剩下两个老人孤单地生活。老人说,她从报纸上看到这个消息,虽然自己女儿出生的年月跟李芬对不上,但还是忍不住打了这个电话……

不知怎么,李芬心里寻亲的心弦被这个老太太的声音重又拨动了。她退了票,按着老太太电话里告诉的地址,找到了老太太的家。听到李芬的声音,老太太从昏暗的屋里走出来,把李芬端详了一遍又一遍,然后抱住她放声大哭。

李芬也被感动得直流泪。

当天晚上,李芬就住在老太太家。老太太和老爷子说起很多二十多年前的事,说每当看到人家的小姑娘蹦跳着从身边走过,就会想,自己的女儿该有这么高了吧。看到人家的女儿结婚,就想,自己的女儿如今也该结婚了吧。

三个人一直聊到天色发白。当李芬和老太太挤在一张床上睡下时,她已经在心里把老人当作了自己亲生的爹娘。

第二年春天,李芬把在外企当总经理的丈夫和刚满周岁的儿子带到老太太家,与老人家团聚。后来,李芬夫妻俩还给两位老人买了一套新房,让他们搬进去住,还为他们请了保姆。老人喜极而泣,知道的人也无不称赞,都说失散二十七年的女儿还能回来,真是奇迹;女儿还有这份孝心,天下难得!

至于脚掌心那块胎记的秘密,李芬再没向人说起。

(周华诚)

(题图:谭海彦)

学 会 宽 容

一个伟大的人有两颗心:一颗心流血,另一颗心宽容。

下酒好菜

　　有一个贫困山村，常年闹饥荒。村里有个羊倌叫丁四，他每天早出晚归，白天就剩下妻子一人在家。光棍汉牛二趁虚而入，常来帮丁四媳妇做些活计，同时接济些五谷杂粮，使丁四一家勉强度过饥荒。一来二去，两人就有了男女之间那档子事情。丁四虽有觉察，无奈吃人嘴软，索性睁只眼、闭只眼，难得糊涂，倒也清静！

　　斗转星移，今非昔比，如今的丁四已成了养羊专业户。丁四有了自己的羊群，腰粗杆壮，可一想起家里那档子事来就窝了一肚子火，于是愤然对天盟誓：我丁四虽是铮铮铁骨的七尺男儿，可在过去，只能脑袋掖在裤裆里；今天，云开日出，春回地暖，自家的床上，哪再容得下别家的汉子？我丁四一定要堂堂正正地争回男子汉的这一口气!

一天早晨,丁四将羊群赶上山坡,然后悄悄返回,躲在屋外暗中观望。一会儿,只见妻子提着酒瓶走出家门,去村头打酒。丁四估计牛二很快就到,赶紧钻进家门,奔到内室,往床上一躺,拉过被子盖得严严实实。这边刚准备停当,那边牛二说到就到,手里还提着一只小公鸡,轻车熟路,出出进进就像在自己家里一样。

"秀!秀!"牛二喊了几声不见应答,便抓过鸡笼关好小鸡,会心地一笑,熟门熟路地摸进了内室。内室很暗,牛二又刚从日光中走来,眼睛有点花,看不清楚,只能模模糊糊看出被子里躺着一个人。牛二立刻喜上心头,迫不及待地宽衣解带,大大咧咧地说道:"嗨,你比我还猴急,嘻嘻!只可惜丁四没有福气,还在山坡上陪羊群喝西北风!"

丁四一声不响,待到牛二脱得赤条条的刚要往被子里钻,丁四一掀被子,突然从床上跳起,如同一尊顶天立地的怒目金刚,手中的羊鞭"啪啪啪"抽去,一阵山响。羊鞭抽醒了牛二的春梦,他见势不妙,"扑通"双膝跪地,连连求饶:"丁大哥……我该死,我该死!"

这时,妻子打酒回来,一见这阵势,立刻面如死灰,抖成一团。丁四指着妻子破口大骂:"好你个贱货,你以为你做的好事我不知道?你就让我当了这么多年的活王八!"丁四说罢,举起羊鞭朝妻子狠狠抽去,正巧这时响起一声鸡叫:"喔喔——"听到这鸡叫声,丁四握在手中的羊鞭久久停在半空中,他想起在那青黄不接的一次春荒里,牛二不知从哪里弄来了一只鸡,这鸡竟然天天生下一只蛋,就是有了这蛋,丁家才有了一点活气……想到这里,丁四手下一软,发出一声长叹,扔了羊鞭,落地有声,吐出了四个字:"杀鸡——待客!"

妻子急忙烧水杀鸡,她神色慌张,不知丈夫将会如何处置。

牛二穿好衣裤,想走也走不了,只好缩在一旁听候处置。半晌,酒菜上桌,丁四大手一挥:"坐!"妻子和牛二浑身发抖,连头也不敢抬。丁四给牛二倒了三杯酒,似笑非笑地说道:"兄弟,今天你是贵客,喝!"牛二只得硬着头皮,大口喝酒,以酒壮胆。

酒过三巡,丁四把一双儿女叫来,借着醉意对牛二道:"种豆得豆,种瓜得瓜,是家种还是野种,他俩脸上都刻着印记。你曾经接济我粮食,我今天还给你香火,咱俩谁也不欠谁。从此往后,旧账两清——走人!"

牛二认领了一个"野种"落荒而去,妻子更加惊慌,身子像筛糠一样直颤抖。丁四端起酒杯,不紧不慢地说道:"过去的事情,过了就算。想想从前,身为男子汉大丈夫,我无力养家糊口,活该当乌龟王八!你也是为了这个家,才……我敬你三杯!"妻子泪流满面,陪丈夫连喝三杯,泪水和着酒,滴滴沥心头,那苦痛,苦不堪言。

不一会儿,丁四喝得酩酊大醉,他冷不防扑上前去,抱起妻子,扛入内室,推倒在床上,凛然道:"从今往后,这家里的下酒好菜,谁胆敢动一筷子,有我没他!"

(吴　天)

(**题图**:谭海彦)

缘来一家人

腊月二十三过小年，村里人都知道，一到这灶王爷上天言好事的日子，外出打工的亲人们就该回家了。

村支书何老歪却接到了儿子的电话，说是过年这段时间工钱翻番儿，他要过了正月十五再回来。何老歪气得那中过风的嘴更歪了，开了春，连小燕子都知道回老家，这个小鳖犊子，为挣钱娶媳妇连爹娘都不顾了！

好像是故意让何老歪窝心，村子里一会儿传胡老叔的儿子挣回来八千，一会儿说周大姑的爷们儿带回来一万，后半晌的传信更来玄：小木匠唐宝林整回来个带肚子的小媳妇！

"啥？啥！"

何老歪"腾"地从炕上蹦起来，小青年整回来个媳妇不算啥，这年头就是带着肚子也不算啥，可这小木匠是跟自家闺女兰兰定过亲的！慢说自己是村支书，就凭兰兰是村里一等一的俊女，若不是看他没爹没娘的、人又老实厚道，这天鹅肉咋会落到他的嘴里！可这个不识抬举的小鳖犊子，竟敢忘恩负义、先斩后奏，简直是小和尚埋地雷——想炸庙，今天若不把他整出屎来，往后这老脸就没处搁了！

一股火儿拱上来，何老歪抄起扁担就往外跑，老伴抓住扁担，扯着脖子喊："兰兰，快来呀，要整出人命啦！"

哭得跟泪人儿似的兰兰从屋里跑出来，一把抱住爹的腰，急得何老歪猴蹦。

正在这当儿上，小木匠提着烟酒点心进了大门，见这场景给吓了一跳："爹，咋的了爹？"

"爹！爹！你是俺爹！"何老歪说着，夺出扁担就甩了过去，小木匠一闪身，"咣"地一声把酸菜缸砸得四分五裂，酸菜酸汤淌了一大片，那味儿比醋坊里的味儿还蹿鼻子。

扁担砸飞了，何老歪扒下只鞋，举起来便往前冲，兰兰眼看抱不住，急得直喊："死鬼，还不快跑！"

小木匠撒腿便跑，何老歪挣出来就撵，刚迈步就"哎哟"一声滑倒在酸菜汤里。

何老歪的光脚丫踩在了缸渣上，割了道足足两寸长的口子，请大夫缝了口子扎了针，脚丫子肿得像熊掌，倒在炕上骂一句"唉"一声，肚子鼓成了气蛤蟆。

第二天的事儿更出奇了，明是欺他何老歪起不来炕，小木匠竟敢带着大肚子媳妇登了门，气得何老歪要玩儿命，小木匠赶忙按住他，"咚"地跪在了地上。

"爹、娘、兰兰，求你们听俺说，若真是俺错了，凭你们咋着都行。"

灯不拨不亮，事儿一掰扯就明。

腊八那天，小木匠在工地上碰到个大肚子的小媳妇，满处打听叫田春河的人。小木匠热心肠儿，又听说田春河是自己一个县的老乡，便帮小媳妇遍地打听，可跑到黑也没个着落。

十几天后，小木匠在另一处工地碰见个女叫花子，若不是挺着大肚子，小木匠差点儿认不出来，麻溜到伙房搞了些热饭热汤，看着小媳妇狼吞虎咽地填饱了肚子。

小媳妇哭哭啼啼地说她叫许翠芬，半年前认识了同厂打工的田春河，一来二去便有了感情，先是租房住在一起，后来一不留神就有了孩子，两人本打算春节开了工钱就回家结婚，不想被工厂领导发现了，一定要她做人流，许翠芬死活不干，田春河咋劝她也不听，结果双双被工厂解雇，工钱也扣下来不发，这下子连回家的车钱都没有了。于是他们互相埋怨争吵起来，田春河一气之下摔门而去，半个多月没有踪影。

许翠芬走投无路，既没脸回娘家又不认得田春河的家，只好满处去寻田春河，钱花光了就晚上睡车站、白天工地转，工地上的人觉得许翠芬挺可怜，于是开饭的时候能多给一碗就多给一碗。

小木匠恨透了这个田春河，下决心找他替许翠芬讨个公道，便到工地结了账，带着许翠芬回来了。

"唔，"何老歪点点头，"现在你想咋整？"

"俺想让她住您家。"

"啥？你倒撇清了？不行！"

"爹呀，您咋糊涂了，"兰兰撒起娇来，"她住宝林家算个啥？俺们豁着没脸，您老就不嫌硌碜？让她跟俺住一屋行不？"

"唔，"何老歪又点点头，"往后想咋整？"

"还得靠您老想招儿。"

"俺留人，俺想招儿，事儿都是俺整，你落个学雷锋？"

"爹呀，"兰兰接着撒娇，"咱东北人都是活雷锋，支书就更该带头学雷锋,再说这十里八乡谁不认识您何老……支书,有您出马还怕找不到个田春河?"

"唔,"何老歪听了很受用,"田春河这名字倒有点耳熟,兴许以前就听说过,赶明儿就给你们打听打听。"

小木匠和许翠芬都长出了一口气,兰兰等不得了,抄起电话就塞进何老歪手里,"等明儿干啥,趁热打铁知道不?"

"你逼命啊,养个伤都不安生,"何老歪一边拨号一边骂,"等俺找着这个田春河,非拿大扁担搂死个王八犊子!"

电话打了一串也没有着落,小木匠想起有些打工的好闹个假身份证押给老板,图的是个不受限制,他莫不是也用了假名?

何老歪发狠道:"名假人不假,哪个派出所都有相片,等脚好了,我领你们挨片儿找!"

别看儿子没回来,这年也过得挺红火,许翠芬最招人喜欢,挺着大肚子啥活儿都抢着干,侍候着何老歪伤好下了地。再就是巧手的小木匠,正月十五那天在院子里挂起各样儿的红灯笼,地上雕出一排晶莹剔透的冰灯,比得月亮都没了颜色。

晚饭是饺子锅里煮汤圆——星星跟着月亮转,一家子刚端上碗,屋门"吭"地敞开了,一个裹着一身寒气的人站在了门口。

"爹,娘,俺回……"

来人突然大张着嘴愣住了,屋里也只听"叭嚓"一声,一碗汤圆落在了地上。

许翠芬变了调地喊:"你? ……田春河!"

"啥?"何老歪懵了,田春河——何春田,怪不得听起来那么熟!敢把老子取的名儿倒过来念。

许翠芬"哇"地哭了,何老歪才醒过闷来,正是自己儿子造的孽!

"你个鳖……""叭"地一碗饺子砸了过去。

何春田抱着脑袋喊:"爹,你听俺说,俺是憋口气出去挣钱,要不咋带她回家呀,可再回去就找不见她了,不是俺……"

"扯你娘的臊,等找见她早饿死了!"

何老歪弯腰就脱鞋,一见地上的碗渣又忙提上,跳起来去抄扁担,老伴儿去拦,被他推了个腔墩儿,小木匠和许翠芬去拦,又被兰兰一手一个拽住:"都别管,让俺爹揍他一顿出出气!"

何春田却有经验,见爹抄扁担,撒腿便逃,逃到院里刚要开门,就见何老歪已追到身后,转身再逃却一脚踩在了冰灯上,摔了一跤不说,屁股上还实实在在地挨了一扁担,他"嗷"地蹿起来,边逃边叫:"爹,爹,俺错了,俺错了!"

许翠芬急了,挣开兰兰就撵了上去:"爹呀爹,别打了……"

何老歪本不肯饶,可眼前这两个年轻人已经抱成了一团,扁担也只得在半空停住了……

(柴兴志)

(题图:魏忠善)

恨

娘

赵达是孝子,赵达在城里发达了,并且有了自己的家,于是他就把在乡下床上瘫了二十多年的爹接到城里,专门雇人伺候。

眼看就要过年了,这天,躺在床上的爹突然对赵达说:"儿呀,这年该咋过呢?"

赵达说:"爹,这你不用操心,我已经叫媳妇准备好了。这是你进城里来过的第一个年,我们到饭店里去过,我已经把酒席都订好了,是城里最高档的饭店。"

爹摇摇头,好久才叹了口气,说:"还是把她也接来,咱们团个圆吧?杀人不过头点地,咋说也是她生了你。唉……爹是过一天算一天的人了!"

赵达扭过脸去不做声。爹说的那个"她",就是赵达的娘,赵达明白爹说的是谁,可他不愿把娘接到城里来,赵达恨他娘。

赵达恨娘是有原因的。

赵达娘的老家在四川,后来逃荒要饭到村里,是赵达爹把她娶回家做了媳妇。本来小日子过得还可以,可谁也想不到赵达读小学一年级的时候,爹在一次拉车去城里的路上被汽车撞了,倒在床上成了废人。几年后,村里就有了关于赵达娘和光棍会计的传闻,有一天还真被人抓了个正着。村里人把会计痛打了一顿之后,又要把赵达娘赶回老家去,赵达娘死抓住儿子赵达的手不放,最后还是赵达的爷爷看在瘫了的儿子和年幼的孙子面上,央求大家说:"留了她吧,权当是咱们赵家请了一个帮工。"就这样,赵达娘被留了下来,白天在日头下为赵家种田,夜里在油灯下为赵家缝洗。那个会计后来因为贪污粮食被判了刑,几年后从狱里出来也成了个小老头,和赵达娘再没了来往。事情虽然平息了,可赵达却从此在学校里抬不起头来,同学们都笑话他,不管谁和他吵架,都会一口一个"野鸡的种"骂他。赵达恨死了娘,发誓等以后长大了,要带着爹永远离开这个地方。

那天赵达回村接爹的时候,把车一直开到家门口,他看见娘在一边抹眼泪,就说:"后悔了吧,要知现在,何必当初呢?"

他娘抹着泪说:"不哩,俺是高兴,是高兴。"

平心而论,赵达娘对赵达和他爹一直都是很疼的,平日里有点好吃的都归他和他爹,她自己吃的都是残羹剩汤,她自己没享过一天福,背早就驼了,眼也瞎了一只。可就是这样,赵达也还是不能原谅娘,是娘的风流给自己带来了一辈子都难以磨灭的羞辱。他看着眼前驼背了的娘,叹了口气,从兜里掏出一沓钱扔了过去,说:"给吧,就算是这些年给你的工钱。"

赵达娘平生还是头一次看见这么多钱,她仅有的那只眼睛一亮,就赶紧蹲到地上去拾,这个动作让赵达对她又是鄙弃又是难受。面对这样一个娘,赵达一分钟也不愿多待,他转过身就走。临上车的时候,他对村里人说:"我接爹去城里享福了!"他故意把话说得很响,其实这话是说给他娘听的。

那天车子开出很远赵达才回头,他看见远远的一个丑女人还站在那里,那情景让赵达心里有一种说不出的感觉,既鄙夷又酸楚。可是他再也不想看见这个曾经是他娘的女人了,现在爹突然提出要把娘接到城里来过年,他心里是一百个不愿意。

赵达对爹说:"爹,把她忘了吧,她早就不是咱赵家的人了……"

爹叹了口气,说:"我不是不恨她,可细想想,她也不易……"

赵达不愿意和爹再说这事,只要一想起童年,他心里就堵得慌:"爹,你可以不计较,可我不行,以后你就别提这事儿了。"

爹张了张口,没再说什么。可是后来赵达发现,一连几天爹都吃不好睡不好,有时候,手里就捏着进城前娘为他做的棉布裤衩发呆。赵达知道,娘做的那种棉布裤衩又厚又软,裹着新棉花,保暖又吸湿气,正是因为这样,爹瘫在床上二十多年才从来没有得过褥疮什么的。

赵达对爹说:"这好办,我找人照样子做不就行了? 花钱咱不在乎。"

果然没两天,赵达就把依样做好的棉裤衩放在爹的手里。可爹把裤衩拿在手里翻来覆去地看,喃喃地说:"这针线怎么能和她比,她做的才叫舒服哩……"

看着爹这个样子,赵达知道爹的心思,他还是要自己把娘接来过年,可赵达就是不愿意。

这天,赵达突然接到一个电话,电话那头是一个苍老的声音:"是赵达吗?"

赵达问:"你是谁?"

那人说:"你别管我是谁,你娘想你了,回来看看你娘吧!"

赵达没好气地说:"我没娘!"

那人就在电话里很不客气地说:"你是从石头缝里蹦出来的啊? 你有什么了不起? 就是坐到金銮殿上,你娘还是你娘! 有你这样的儿子吗?"

童年所蒙受的羞辱立刻涌上赵达的心头,他冲着电话就吼:"有她那样当娘的吗? 她不是我娘,不是!"

"放屁!"电话那头传来的声音比赵达还响,"你小子,我就是那个和你娘相好的会计! 告诉你吧,这世界上风流鬼多得很,可你娘不风流。你娘为了你小子和你爹硬是守了半辈子的活寡,你以为她离开你们赵家就没饭吃啊? 她是为了你和你爹能有口饭吃才没走的。你知道为了救你爹的命,你们家欠下多少债吗? 你知道那年闹灾,你们家是怎么过来的吗? 是老子贪污了大队的粮食救了你们。我是犯了罪坐了牢,可我救了你和你爹两条人命,为了你娘那样的女人,我心甘情愿……"

那个会计还要再说下去,赵达赶紧把电话挂了,后来电话铃又响了几次,赵达就是不接,他不愿听那家伙的声音。

可赵达和会计的话却被躺在床上的爹听到了,爹急着朝赵达挥手,说:"赶紧,赶紧去把你娘接来……她要是再和老会计搞出点什么名堂,那咱赵家的脸面就彻底丢尽了……"

爹把话说到这个份上,赵达知道自己不能不去了,于是当天下午就开车往老家赶。多少年了,赵达这还是第一次专门为了娘回家。

踏进家门,赵达没看到娘,却看见床上放满了新做的小孩的衣裤,还有爹爱穿的那种棉布裤衩。衣裤上面有一张纸条,纸条上是娘歪歪斜斜的笔迹:"儿,这是俺给孙子准备的衣服,还有你爹爱穿的裤衩。俺没钱,这都是用你给的钱置办的。看你出息了,你爹也有了依靠,娘心里真的很高兴。娘也算熬到头了,如今娘该走了,回四川老家去了。娘以后的日子,你尽管放心,娘不会吃苦的,娘是和老会计一起走的,他对娘心诚,等了娘一辈子。娘是没出息的人,娘想有个男人,想像别的女人一样,痛痛快快做回女人。本来娘走的时候还想见见你,叫老会计给你打电话,你不愿接,就给你留个条吧。"

看罢纸条,赵达心里一震,他追到村口,长长的公路上,不见娘的影子。赵达一跺脚,高喊了一声:"娘,你怎么又跟了老会计!"

公路尽头,没有任何回音!

赵达心里一阵钻心的痛,直到这时他才明白,其实自己心里一直都有娘,自己是在和娘赌气。

"娘,我恨你!"这一声喊啊,直喊得赵达自己热泪直淌。

（文兴传）

（**题图:安玉民**）

围栏上的那道缝

　　这年开春，陈铁山利用村东头一块闲置荒地，办起了养鸡场。铁山是当然的老板，媳妇杏子负责洗衣做饭干后勤，铁山爹老陈头便成了养鸡场的打工爹。

　　眨眼间夏天来了，天气越来越热，每次干完活，只有冲冲凉洗个澡才舒服。好在鸡场附近有口水井，那水冬暖夏凉，用小桶将水打上来，一桶一桶往身上浇，感觉特别爽快。每天傍晚，老陈头让儿子冲完澡，自己也到井边去冲一冲。眼瞅着父子俩那舒坦劲儿，可把杏子羡慕死了，因为她每回都只能闷在屋里洗澡，完后，总是一身透汗，像没洗一样。

　　"你也去井边冲冲凉吧！"铁山看出杏子的心思，便有心关照她，"这儿地偏，又在夜里，没人看得见。"

"别吓我，赤身裸体在外洗澡，我可不敢。"话是这么说，可杏子心里还是有些跃跃欲试，"要不，你在旁边帮我守着?"铁山知她胆子小，只好答应她。

守了几个晚上，铁山觉得麻烦，要杏子回屋里洗。杏子尝到了在外冲凉的快乐，说啥也不愿再回屋里受那份闷罪。铁山一想，也好，干脆找来几米旧棚布，在井边扎了个简易围栏，安上门，还拉上了电线，在围栏里装了个绿莹莹的小灯泡，看上去还真像个小浴室，这样，杏子才敢放心在围栏里冲凉了。

这天傍晚，杏子忙完了家务，拎着换洗衣物又到围栏里冲凉，洗了头发，接着打水冲洗身子，突然想起忘了带沐浴露，她懒得回屋去取，于是隔着围栏直喊铁山，要他送过来。喊了两声没人应，这才想起来，铁山可能到别人家打牌去了。还好，公公老陈头在家，不如请他帮忙拿一拿，转念一想，又觉得不妥，算了，还是自己回屋去拿。

杏子把脱下的衣服又草草穿上，一把推开围栏一侧的小门，突然，一道黑影在眼前一晃，紧接着，便听见"扑通"一声闷响，那黑影竟摔倒在地。杏子吓了一跳，惊叫起来:"谁?"愣了半晌，黑影才"哼哼叽叽"地说:"杏子，别、别怕，是我。"

杏子一听，原来是自己的公公老陈头，便问:"您来这里干啥? 摔着没有?"老陈头爬起身，揉了一下腿，说:"也没啥，刚才我好像看见有黄鼠狼在鸡舍附近转悠，怕它偷鸡，忙着去赶，一赶，便赶到这儿来了，没注意，绊上一块土疙瘩⋯⋯唉，这人老了真没用!"

杏子虽然不太相信这话，可一时也懒得去细想，就取了沐浴露，回到井台边，掩上围栏的小门，下意识地沿着围栏外试着往里瞅。这一瞅还真让她吃了一惊，她发现围栏侧面的棚布有道裂缝，差不多有小拇指宽，而且正好齐眉眼处高，借着围栏里的灯光，贴着缝隙，啥都能看清楚! 杏子心里不由嘀咕起来:这老爷子,赶啥黄鼠狼,莫非……她回想起刚才公公慌里慌张的样子,十有八九心里有鬼,真恨不得立马转回去,狠狠臭骂老爷子一顿,最好是抽他两耳光。可杏子不是那种泼辣女人,想做也做不出来。

不过,这事儿得告诉铁山,看他怎样来治治老爷子! 想到这里,杏子澡也不洗了,收拾收拾,回到屋里,将门一关,躺在凉席上,眼里盯着电视,心里盼望铁山快些回来。可等了半夜,铁山还不回来,她只好自己先睡了……

一觉醒来,天已大亮,杏子这才发现,铁山鼾是鼾,屁是屁,像头猪似的睡在自己身边。也罢,等他睡醒了再说不迟。可是,等来等去,杏子却改变了主意。为啥? 由于杏子起来晚了,老爷子已经喂了鸡,扫了圈,还把全家的早饭也给做了。虽然老爷子像个做错了事的孩子似的,没敢正眼瞧杏子,可杏子心里有数,老爷子并非有意讨好她,因为在这以前,每回她睡过了头,老爷子从不叫醒她,忙完了自己手上的活,总是默默地帮她做这做那。在娘家的时候,亲生父母也不过如此啊! 所以想到这些,杏子就没了在铁山面前告老爷子刁状的勇气。而且她还有一层担心,万一让铁山知道了,冲他那牛脾气,指不定把家里闹成啥样儿呢!

只是,杏子看着有些奇怪,大热天的,老爷子干活从来都是短衣短裤,咋今天穿起了长裤? 并且,他在极力掩饰自己走路的样子,看起来,腿脚有些不得劲。杏子忽然想起昨晚老爷子摔过跤,怕是摔得不轻! 嘿,活该,谁叫他为老不尊,干那丢人的事儿!

挨到傍晚,老爷子洗澡后才换下那条长裤。杏子在清理家里待洗的衣物时,无意间撩起那条长裤,只见膝盖处残留着一块铜钱大的血印子,显然是贴近伤口留下的,她忽然感觉那血印子就像火红的炭球,将她的手烙了一下。

　　这天晚上,铁山没去打牌,杏子也没提昨晚的事。只是,她一直犹豫:围栏棚布上那道缝隙补不补呢? 其实补起来很简单,用块深色封口胶一贴,啥事没有了。如果那样做,等于在警告老爷子别偷看,这可是摆明了怀疑他老人家干了缺德事! 想来想去,杏子还是下不了手……

　　过了几天,铁山买了副新麻将,又有些手痒痒了,要出去试试手气,杏子留他不住,只好叮嘱他早些回来。这回他还真听话,没去多久就返回了。为啥? 别人怀疑他那新麻将有问题,因为他一上桌便和个不停,人家将牌一推,不玩了。

　　铁山是赢家,正求之不得,掖着那副新麻将,兴冲冲打道回府。老远看见井台围栏处透着淡淡的绿光,知道杏子在洗澡,他不由心血来潮,想去逗逗杏子,于是便蹑手蹑脚来到井台子跟前。突然,他发现有个人影在围栏外晃动,他一看那身影,立即知道是谁,也明白他在干什么,刹那间,铁山心里就像油锅溅进了火星子,“腾”的燃烧起来,举起那副新麻将,“砰”的砸了过去……

　　杏子听见响声,吓得尖叫起来,连忙穿上衣服走出围栏。只见老爷子一声不吭地坐在井台边,脑袋被砸破了皮,鲜血顺着伤口流得满脸都是。铁山却犟着头,气呼呼地站在一旁。

　　杏子看了看父子俩,又下意识地瞟了一眼围栏上的那道缝,低声埋怨铁山说:“你好狠心啊!”说着,便要去搀扶老爷子。

　　铁山还没解气,一把拦住杏子:“别管他,让他就死在这里!”

　　杏子说:“老爷子干啥了?”

　　“干啥? 你在里边洗澡,他、他在外边偷看……”

　　“别胡说八道,老爷子不是那种人! 今天,是我要老爷子来的……”

　　“什么? 你要老爷子来的?”铁山一听,眼睛瞪得直泛绿光。

　　“以前我没大在意,今晚洗澡的时候,突然发现围栏上有道缝儿，我怕别人来偷看啥的，就喊老爷子帮忙把缝粘上。"杏子说着，指了指围栏，"这不，缝隙不是粘得好好的吗?"

铁山顺着杏子所指的地方看过去，果然有块新贴上去的胶布，回头再看坐在井台上的老爷子。可不，他手里还拿着剩余的胶布和剪刀呢。

老爷子心里清楚，杏子这样说，显然是在给他打掩护，好让铁山消消气，还真难为她了。可是，他俩又何曾知道，每逢铁山去打牌，杏子在围栏里洗澡时，他这个做公公的，总是提心吊胆，害怕别人对杏子使坏，一直都在暗中为她望风站哨! 只是，今天晚上，他无意间看见围栏上那道缝，便找来胶布，正在粘贴时，碰巧被莽撞的儿子遇上……

老爷子最终还是一声不吭，跟跟跄跄离开了井台子。

铁山愣在那里，不知是去搀扶老爷子，还是去收拾那副洒落了一地的麻将……

（魏柏林）

（**题图**:魏忠善）

一双男人鞋

　　夜半时分,金锁在外边打完牌回家,坐床边脱鞋时,发现床下有一双不认识的男人鞋。审问妻子桂枝,桂枝咬紧牙关一声不吭。

　　这还了得,金锁举手就要打,可眼前突然浮现出丈人、丈母那一对凶狠刻薄的面孔。原来,桂枝的爹娘都是势利眼,压根没把种田的金锁放在眼里,明明金锁为他们家事情做得多,东西送得多,可逢年过节一上桌,总是城里的二女婿坐首位,丈人、丈母端洗脸水、煎荷包蛋地忙活着,从来没有金锁的份。

　　金锁狠狠朝桂枝瞪了一眼:"哼,我倒要看看你爹娘明天怎么来收拾你!"

　　第二天起早,金锁抄起那双男人鞋直奔桂枝娘家。丈人已经下地去了,只有丈母在家,金锁把鞋往地上一摔,三言两语把事儿一说,丈母脸都黄了,捂着胸口说:"怪不得这几天眼皮老跳,我就知道要出事。唉……"她小心翼翼地瞄了金锁一眼,"可说起来也是可怜,我们家桂枝刚懂事就知道帮大人干活,这回虽说是干了亏心事,可……可你们家那么多活儿,不都是她一个人干出来的?"

金锁一听就朝她吼了起来:"我要的是干净女人!"

丈母无话可说,脸色更黄了。

这时候,丈人回来了,金锁破例坐着没动。

丈人的脸拉得老长,丈母赶紧把他拉到门外,两个人"嘀嘀咕咕"了一阵,丈人龇着牙走进来,朝金锁一声冷笑:"我管三尺门里,丑事出在你家,是你门风不正,你别把尿盆子往外泼。桂枝在家是我女,出嫁是你妻,现在要打要杀你看着办!"

这是什么屁话?金锁肚子都要气炸了:"好,既然你当爹的这么说,看我不揍扁了她!"他一把拿起地上那双男人鞋,甩头就走,气狠狠地直往家里奔。

半路上,金锁撞见了爹,爹正在路边割草。爹瞧他那脸色,又四下里一瞧,说:"啥事儿? 别瞒爹。"

金锁把手里的男人鞋朝爹眼前晃了晃。

爹问:"这事?"

金锁点点头:"这事!"

爹没吱声,重新弯下腰去割草,割了一茬又割了一茬。

金锁心里冒烟,想走又不敢。

好一会儿,爹直起腰问:"这事儿你打算咋了结?"

金锁怒气冲天:"打,还有不打的道理? 得让她把那家伙说出来。"

爹又问:"底下咋办?"

金锁两手一比划:"我把斧头磨快点儿。"

爹瞥了金锁一眼："我就知道你是半吊子。"

金锁迟疑了一下："要不,我跟她离婚?"

"你个二杆子!"爹狠狠骂了他一句。

"那我干脆当肉头算了!"金锁忍不住声音响了起来。

爹将手里的镰把一举："你跟我赛腔哩?"

金锁吓得缩了缩舌头,不敢吭声了。

爹拿出烟袋,装满烟末,金锁给点着火。

爹不紧不慢地说："你闹啥哩? 正因为这种事最丢人,咱才丢不起这种人。爹老了,活不了多少年了,可你路长着呢,张扬出去,你往后还咋往人前站?"

金锁想想有道理,不免佩服爹有远见。

爹磕掉烟灰,又装满烟末,金锁又给点着。

爹喷着烟雾说："县城西边那个姓丁的,那年把他老婆闷进水缸的事,你总还记得吧? 你比姓丁的材料高? 杀人抵命这是硬道理,到时候你瞒得了丈人可瞒不了公安局。"

被爹这么一提醒,金锁立刻觉得浑身都在冒汗:自己本事没有那个姓丁的高,一斧头劈死了人,不就要拿自己的命去抵? 划不来呀!

金锁不由抹了抹额头上渗出的汗。

他爹依然慢声细语地说："其实,这也算不上什么大事。你娘死得早,这些年你想想,咱们家里里外外还不是桂枝在操持着? 年轻人心里没底,哪能保证不走错一步? 说起来这事也不全怪桂枝,你夜里不守着自己老婆,野出去打什么牌? 让人家钻了空子。"

爹的一番话,金锁横想竖想觉得句句都有道理。回去后,他没磨斧头没逼供,没打桂枝没声张,甚至把那双鞋都悄悄扔进灶膛烧了。

两天后,金锁用自行车驮了桂枝去丈人家。一进门,丈人、丈母以为他休妻来了,紧张得不知怎么应对,他们已经两天两夜没吃好没睡好了,后悔那天把大话撂给了他,想想这事儿怎么收场,越想越可怕。

谁知金锁却对他们说:"桂枝整天在家忙,活儿都做不到头,我想趁眼下农闲送她来家住几天歇歇。"

丈人、丈母一听,立刻缓过气来,丈人忙不迭地给金锁端来洗脸水,丈母烧了一大碗水煮蛋。金锁暗地里一数,碗里边白白嫩嫩的家伙儿整整有八个。

临走的时候,金锁想起爹的交代,对丈人、丈母说:"这事情过去就过去了,谁也不许再提它。桂枝是我的人,我不嫌弃,今后谁也不许为难她。"

一番话,说得丈母真想给金锁下跪,两家的门风保住了,真是难为了女婿啊! 想起前两天对金锁那态度,丈人愧疚得真恨不得挖个地洞钻进去。

三天之后,丈人亲自把女儿送回来,桂枝从此干活儿更泼,对金锁更多孝,伺候金锁也更周到。金锁呢,也不再出去通宵打牌,在家守着老婆一心一意过日子。

过了一段时间,丈人又用小拖儿驮了一套新家具亲自送上门,说是早几年穷,没好好给桂枝添嫁妆,现在日子好过了,给闺女补补屈。

这一年春节,金锁和桂枝去给爹娘拜年,吃饭的时候,丈人、丈母说金锁是老大,该他坐上座。城里的二女婿摸不着头脑,以为是自己哪个地方得罪了老人。

(吴庆安)

(题图:王申生)

毕 生 恩 爱

爱情是一盏永不熄灭的灯。

爱情又是一盏可以变换光度的灯。

毛驴赐招

　　张雨和一头小毛驴相依为命,苦熬了好些年,直到他40岁那年才娶了老婆。

　　老婆名叫玲珠,比他年轻8岁,是个身强力壮的女人。虽说她泼辣有余而温柔不足,但张雨毕竟因中年得妻,自然格外珍惜,所以对老婆是百依百顺、百般宠爱。可是,玲珠却受宠不领情,居然把丈夫对她的客气当成了自己的福气,不是嫌这,就是怨那,还常常为丁点小事大发虎威,张雨总是忍气吞声,最后赔笑脸了事。

　　这样时间一长,张雨自然觉得不是滋味。可有啥办法呢?事到如今,苦水也只得往肚里咽了。

　　这天下午,玲珠硬要丈夫为她去集市上买把剪刀,张雨有事缠身,说改日再去。玲珠哪肯让步,于是一阵拳打脚踢,硬逼丈夫去赶集。

张雨没办法,只得遵照老婆的旨意,牵着毛驴上路。他边走边对毛驴说:"老伙计呀老伙计,咱俩相处许多年,谁也没欺侮过谁,现在我娶了老婆,本想好好过日子,可她不如你呀……"他正唠唠叨叨地说着,只见毛驴停下不走了,两眼死死地盯着前方。

张雨抬眼一望,只见前面不远处有一头母驴,正在向它的主人使性子哩,任主人怎么使唤,就是不肯往前挪步。触景生情,张雨禁不住叹息起来:唉,自己老婆不就像这头母驴?使起性子来谁招架得住呀!

可就在这时,他那头毛驴突然挣脱缰绳,倒退了几步,头一低,四蹄撒欢,又仰起头叫了几声,然后向前猛冲,以迅雷不及掩耳之势,一头将那头母驴撞倒在地。张雨一急之下,连忙上去将自己的毛驴拉开,牵着它继续赶路。

一路上,张雨想:自己这头毛驴从来没有这样对待过同类,今天是怎么啦? 琢磨了好一阵,他突然开了窍:它是在给我赐招呀! 让我像它那样去对付老婆:倒退几步,是以退为进;头一低,是迷惑对方;四腿撒欢,是活动筋骨;仰头大叫,是先声夺人;最后来个奋力冲刺,必定取胜。他想到这里,不觉笑出声来,拍拍驴背说:"伙计,谢谢你的赐教,我今天就照你的方法去做!"

到了集上,他没去买剪刀,先到小摊上美美地吃了一顿,又到剧院里看了一场《打神告庙》,然后才骑上小毛驴,晃晃悠悠地回家。

等他到家,已经天黑,一推院门,插上了,连喊几声也无反应。要在往常,他只有在门口等着,等老婆来开门,再挨老婆一顿骂。今天不了,他要给老婆点颜色看看! 于是便用上了驴教的那一招,先倒退几步,接着朝院门冲去,用肩膀一撞,"咣当"一声门被撞开了。他一定神,发现老婆双手叉腰,怒目圆睁,没好气地骂他说:"好啊,到现在才回家,还敢撞门,你胆子不小呀!"张雨一反常态,粗声粗气地回答道:"你别管得太宽,老子不怕你!"

老婆不觉一惊:咦,他今天怎么吃了豹子胆啦?但她哪肯就此罢休,以平时惯用的手法,袖子一捋,冲到张雨身边,一把揪住他的耳朵,将他拖进屋里:"你这挨枪子的,看你还敢不敢称'老子'?"

趁老婆一松手,张雨便迅速退到墙角边,把头一低。老婆当然不知道这是毛驴教给他的套路,还以为他是认输了,于是得意地说:"怎么样,还敢说不怕吗?"她话音刚落,只见张雨猛地抬起了头,手脚齐舞,嘴里还"哼啊、哼啊"地学开了驴叫。这一下老婆倒确是有点发毛:坏了,神经出毛病了,这可怎么办呢?她刚想转身上炕拿她的常备武器——笤帚来对付,可说时迟那时快,张雨已冲了过来,一头撞在老婆屁股上,将她撞倒在炕上,跌了个狗吃屎。

老婆这才意识到情况的严重性,一骨碌坐起来,拍着大腿就哭。张雨很有几分得意地说:"怎么样?不要以为男人是面粉团子,由你捏捏长、搓搓圆,那都是为了图个太平。现在你知道我的厉害了吧?告诉你,从现在起,我是该出手时就出手,你得给我老实点儿。"

听丈夫这么一说,老婆才知道他并非神经出毛病。如果今天就这样败下阵来,以后就得听他的。不行,无论如何要跟他拼个高低!老婆想到这里,"呼"地站了起来,正要操家伙,只听"哈……"传来一阵笑声,可把张雨夫妻两人吓了一大跳。

老婆呆住了,张雨大声喝道:"你是谁?给我下来!"

原来这是个小偷,躲在房上准备等他们夫妻睡下后,再动手将他们的毛驴偷走。哪想他们夫妻一见面就发生了"战斗",小偷在房上观战,他看着看着,竟忘了自己的身份和处境,居然放声大笑起来。现在张雨那么一声大喝,小偷顿时头脑清醒了过来:哎呀呀,坏了,我怎么能笑呢? 小偷灵机一动,急忙钻出天窗,来了个脚底抹油。张雨见小偷跑了,喊了声:"快给我追!"拔脚就追了出去。他老婆也抓起根棍子紧紧跟上。更有趣的是门口那头毛驴,见主人心急火燎地往前跑,也来凑热闹,撒开四蹄跟了上去。

现在是小偷在前边逃,一家三口在后面追,张雨还边追边喊:"狗日的,看你往哪里跑?"小偷知道大势已去,为免受皮肉之苦,只得举手投降。

他们夫妻双双,牵着驴,押着小偷,将小偷送进了派出所。

在回来的路上,丈夫要老婆骑驴,老婆要丈夫骑驴,推来让去,最后还是老婆骑驴丈夫牵,说说笑笑回了家。

从此,张雨和老婆成了一对和睦夫妻,什么事都有商有量,再也不龇牙咧嘴,更不动手动脚了,日子越过越舒心。

(苏晓东)

(题图:黄全昌)

遗嘱

　　大毛的爹得了绝症，眼看快不行了，他最挂心的就是大毛的娘。趁还有力气说话，大毛爹就借故支开大毛娘，将大毛夫妻俩叫到床前，轻声说道："娃们，你娘就交给你们了，你娘跟着我没享过什么福，爹死后，你们可要好好待你娘！"大毛两口子一听，都流着泪说："爹，您放心吧，我们一定将娘伺候得周周到到的。"大毛爹满意地点点头，又吩咐道："娃们，爹写了份遗嘱，以后要按遗嘱上写的办！"大毛两口子又齐声答应了。

　　没多久，爹就故世了。

　　大毛爹的葬礼很隆重，上年纪的村里人都觉得大毛爹这辈子没白活，他和大毛娘一辈子恩恩爱爱，大毛两口子又都孝顺，人活到这份上，值了！

丧事料理完,大毛就找出了爹立的那份遗嘱。大毛心里很纳闷:家中一切都很美满,不明白爹还有啥要交代? 不过,爹既然立了遗嘱,大毛还是决定要照着办。于是这天午后,趁娘还在睡觉,大毛两口子就打开了爹立的遗嘱。

遗嘱上是这样写的:

　　娃们,爹有一事相求。这事关系到你们娘。你们不知道,你们娘最爱吃放醋的菜,可是几十年来,她炒菜却从不放醋,因为爹不喜欢菜里放醋。你们娘为了我,几十年来未吃过放醋的菜了,所以,爹求你们以后炒菜时,都放些醋吧。这样,就算是代爹给你们娘一点补偿吧!

大毛两口子看完遗嘱,心里有说不出的沉重,觉得爹娘之间的那份深情,那份关爱,虽然朴素,却是那么动人!

当天晚饭时,大毛媳妇做了一大桌丰盛的菜,自然,每个菜都放了点醋。一家子坐到桌前,大毛娘忽然对大毛说:"去,给你爹安个位子!"

大毛赶忙起身,搬来凳子,拿过碗筷,还在桌上放只杯子,倒了一杯酒。接着,大毛两口子都争着给娘夹菜,谁知大毛娘用筷尝了一口,接着又尝了几口,眉头深深地打起了结。大毛心里"咯噔"了一下,正要说什么,就见娘的泪水流了下来。

片刻,大毛娘放下筷子,说:"你们不知道你们爹不喜欢吃放醋的菜吗? 怎么他人刚走,每个菜都放了醋,叫他咋吃?"

大毛两口子看着娘,泪水也跟着流了下来……

(刘　膺)

(题图:黄全昌)

结婚纪念日

这天中午吃饭的时候,老头子突然对他老婆说:"老太婆,咱们结婚五十年了,你不想个什么法子来庆祝庆祝?"这老头子!老太婆奇怪地看了他一眼:"你今天是怎么啦?别说是结婚五十年,就是六七十年的,这世界上也大有人在,平平常常的事,还要怎么庆祝?亏你想得出来!"老太婆催老头子快吃饭,吃完了睡一觉,这阵电影院里正在放《夕阳无限好》,下午三点那一场正好赶上。

谁知老头子却眨眨眼,挺认真地继续刚才的话题,对老太婆说:"当初我娶你的时候穷,没钱办什么婚礼,咱们现在补办一次怎么样?纪念纪念。咱不要那种老式的,咱也过过小青年的瘾,学学电影里头的!"

"噗"老太婆一口饭差点从嘴里喷出来！难怪老头子这两天神经兮兮的一个人偷着乐，原来是在动这号歪脑筋。他平时爱看电影这老太婆知道，可怎么也没想到他会把电影里的那套东西搬到自己家里来，都七老八十的人了，还出那洋相干啥呀？老太婆对老头子说："老头子，别出花样了，咱都这么老了，你就是办了，我也怪不好意思的。"可老头子一听就冲着她说："你这是什么话？这么多年了，我什么都依着你，可这一次你得听我的。咱们活了一大把年纪，也该享受享受生活了！"

正说着哩，儿子、儿媳来了，他们刚才已经在外面听见老两口子说的话了，儿媳直捂着嘴笑，儿子乐呵呵地说："爸，妈，你们二老辛苦了一辈子，是该享享福了。爸的主意太好了，这事儿由我们来操办，你们到时候听我们指挥就是了，我们搞一场中西合璧的纪念婚礼，包你们满意！"不由老两口分说，儿子、儿媳立刻兴冲冲地筹划起来。

婚礼定在阴历八月十八，这正是五十年前老两口儿成亲的日子。他们家的大院里，左邻右舍、亲朋好友来了不下百十号人，大家热热闹闹地说着笑着，院子里一片喜气洋洋。

这天，儿子帮老头子把一头白发染黑了，给他穿上白衬衫，戴上红领带，一身笔挺的西装，显得特别有精神。老太婆呢，也完全像变了个人似的，儿媳足足花了一个小时给她化了妆，还硬让她披上一件白色的婚纱。儿媳搂着老太婆说："妈，你照照镜子看，你哪里是七十岁的老太太，分明年轻着哪！"

上午十点，婚礼正式开始了。婚礼由儿子主持，孙子、孙女给老两口当伴郎伴娘。面对着满院子的来宾，主持人儿子首先问老头子："这位先生，你愿意娶这位女士为妻，并一生一世都爱她吗？"

老头子显得很兴奋，张嘴就说："愿意，愿意，这辈子，我就只爱你妈一个！"满院子的人一听，"轰"地一声笑了，老太婆羞得脸都红了。

主持人儿子接着又问老太婆："这位女士，你愿意嫁给这位先生，并一生一世都爱他吗？"老太婆想说"愿意"，可话到嘴边就是说不出口，红着脸站在那儿，不知道怎么办才好。

老头子在一边急了，抢着替老太婆回答："愿意愿意，你妈不愿意怎么能有你们呢？继续问，别啰唆！""轰"的一声，院子里又像炸开了锅，有的人笑得连腰都直不起来。

儿子也乐得合不拢嘴，好不容易才让院子里的人安静下来，随后他又宣布："现在，请两位新人互换结婚戒指！"

这时候，热闹的《婚礼进行曲》立刻满院子地响了起来，乐曲声中，老两口互相替对方戴上了预先准备好的戒指。这戒指还是儿子、儿媳特地为这个结婚纪念日替他们买的，两口子倒不在乎戒指是金的还是银的，只是这份暖暖的亲情让两个老人陶醉。

此刻，只见老头子悄悄附着老太婆的耳朵说："能娶到你，是我这辈子最大的福气！"老太婆深情地看了他一眼，情不自禁地拉起了老头子的手，两个老人的脸上闪着幸福的红光！

原以为婚礼进行到这儿也就可以了，谁知主持人儿子镇定了一下，又拉开嗓门高喊了一声："下一个节目，新郎、新娘甜蜜相吻！"

儿子的声音还没落地，老太婆就傻了眼：当着这么多人的面与老头子亲热，她怎么拉得下这个脸？可是老太婆心里明白，这道关今天是不过也得过了，何况老头子是她一生倾心相许的伴儿！老太婆红着脸，硬起头皮，学着电影里的样子，闭上了眼睛，等着老头子来吻她。

可是等了好一会儿，不见动静，只听"扑哧"一声，怎么回事？老太婆睁开眼睛一看，天哪，就见这会儿老头子的脸涨得通红通红，嘴巴张得大大的，在那儿傻笑。老头子对老太婆说："当着这么多人的面和你办那事儿，怪不好意思的。"话刚落音，他竟羞得转身跑进屋里去了。

嘿,这老头子,关键时候还没老太婆表现得勇敢!可是随着身后满场大笑声,老太婆终于也忍不住涨红着脸跟进屋去。只听他们的儿子主持人在外面宣布:"最后一个节目,请各位来宾看电影《夕阳无限好》!"

"哗"满院子响起了一片掌声。

老头子在屋里拥着老太婆,喃喃地说着:"今天真好,真好,应该谢谢你,才有这么好的今天!"正说着,忽然屋门大开,"爷爷!奶奶!"孙子、孙女欢叫着扑了上来,只见"嚓嚓嚓嚓"道道银光闪过,儿子、儿媳举起照相机,把这个幸福的时光永远定格了下来。

(崔元堂)

(题图:杨宏富)

不是冤家不聚头

半夜里,也许是坐了十多个钟头火车的缘故,赵二怀孕的妻子玉梅刚下车,就捂着肚子不停地叫痛。赵二一看情况紧急,二话没说,叫了辆出租车就直奔镇上的医院。

医生检查下来,对赵二说:"孩子快生了,赶紧替你妻子办住院手续吧!"赵二和玉梅一听,不由犯了愁。

赵二是河北人,玉梅是山东人,几年前两人在北京相识,并且深深地相爱了。可谁知玉梅的母亲却坚决反对女儿嫁给赵二,于是玉梅便和赵二来了个"先斩后奏",瞒着母亲登记结了婚。现在玉梅怀孕期将满,还有二十多天就要生了,玉梅便想回家让妈妈看看赵二这个"准女婿"。他们坐火车从北京回老家峄镇,没想到才刚下车,孩子就迫不及待地要出来了。

赵二赶紧替玉梅办住院手续,扶着她走进病房。赵二想打电话找玉梅娘家人来帮忙,同病房的一位大妈一边照顾着自己刚生产完的儿媳妇,一边对赵二说:"等不及了,你还是自己赶紧做准备吧!"

正说着呢,玉梅突然有了排便的感觉,医生说这是要生孩子的信号,让赵二赶紧把玉梅扶进产房,刚才和赵二说话的那位大妈见赵二笨手笨脚的样子,忙过来帮忙。

玉梅进产房后,赵二被医生拒在门外,却把那位大妈留了下来。赵二有些过意不去,隔着门连说"谢谢"。大妈说:"这里有我,你赶紧去烧碗红糖水,煮几个鸡蛋过来。"

赵二在火车上就听玉梅说过,她们老家有个风俗,就是生完孩子马上要喝红糖水、吃鸡蛋,说这样能补充体力。可眼下黑天半夜的,医院的食堂也关了,赵二到哪里去弄这些东西啊?

大妈的儿媳妇见赵二犯难,便对赵二说,医院门口有夜市,可以到那里去请他们帮忙做。赵二一听,赶紧往外跑。

出了门,赵二才发现外面正在下大雨,夜市上做生意的几乎都收摊了,路边的小店也关了门,赵二找了好长一段路,身上全被淋湿了,也没找到一家。赵二正失望的时候,猛然发现远远有一家店,还亮着微弱的灯光,于是不顾一切地冲了过去。

果然,这家店铺还没关门。赵二走进去,对店主说:"麻烦您,快给我烧碗红糖水,再来几个鸡蛋!"

店主是个男的,有五十多岁的年纪,他看了赵二一眼,说:"你做这个干什么?"

赵二急切地说:"我老婆快要生了,已经进产房了。"

店主为难地说:"可我这儿没有红糖啊!"

赵二一听心里凉透了,但他不死心,哀求说:"您帮我想想办法行吗?我可以多给你钱!"

这时,从另一个屋里走出一个五十多岁的女人,对赵二说:

"我家里有,你能等一等吗?"

赵二问她:"你家离这远不远?"

她说:"不远,一会就能回来。"

赵二说:"行,我等你。"

女人找了把伞,就要出去。店主却一把将伞夺了过去,对女人说:"这么大的雨,你不要命了? 你在这守着,我去拿!"说完,撑起伞就冲进了雨中。

赵二一看他们是夫妻俩,便对女人说:"老板娘,你老公挺心疼你的!"

女人说:"你难道不心疼你老婆呀?"

赵二点点头:"当然心疼了,我就是心疼她,才找上门来的。"

老板娘抬头看了赵二一会,说:"听口音,你不是本地人吧?"

赵二说:"我是河北的。"

老板娘一听奇怪了:"那怎么跑到这里来生孩子了?"

赵二见店主还没来,于是就把自己和玉梅结婚、现在想来认亲的事说了个大概,老板娘听后半天没吭声。

赵二叹了口气,说:"要不是她娘反对,这会儿早打电话叫他们来了。"

这时店主回来了,老板娘从店主手里接过红糖,对赵二说:"小伙子,咱把话说清楚了,我这红糖水可是贵了点。"

赵二心想:老板娘肯定是因为见我是外地人,想讹我多出几个钱。可眼下实在没别的办法呀,于是便问:"那要多少钱?"

老板娘说:"红糖水500块钱一碗,鸡蛋10个,50块一个,不多不少,一共1000块钱。"

"什么?"赵二一听两眼都瞪直了,"你这是想宰我呀?"

"对,就是这个意思。"老板娘面无表情地说,"如果嫌贵,你可以不要。我这可是把话说在前头的。"

赵二抬头看看外面,瓢泼的雨声仿佛成了玉梅的呻吟,他一咬牙,说:"我给你!"

赵二掏出1000块钱扔给老板娘,心想:瞧你这事办的,天一亮我就打电话投诉!

店主却是好心肠,对老板娘说:"你收10块钱就算了,怎么能收这么多呢?"

老板娘说:"1000块钱算什么?现在深更半夜的,他就是拿10000块钱,也买不来红糖水呢!"说完,就把钱收了进去。然后,她又对店主说,"老头子,我先回家睡觉,你赶紧给这个小伙子把他要的东西做出来。"店主显然是个"妻管严",点头答应了。

等老板娘走后,店主对赵二说:"小伙子,你别急,我老婆这人是个财迷,回头这钱我一定退还给你。天亮了你来拿,我们是本分人,不会宰你的!"

赵二听了心头一热,顿时就没了告他们的念头。

红糖水和水煮鸡蛋做好后,赵二向店主借了把伞打着,小心翼翼端进了医院。刚到产房门口,那个热心大妈从里面走出来,一头大汗地对赵二说:"你老婆体力不行,孩子老是生不下来。"

赵二急了,手里的红糖水差点给泼了:"那怎么办啊?"

大妈说:"刚进去一个人,说是你们的亲戚,她把我换了下来,等一会你和她商量商量。"

"亲戚?"赵二想,现在这个时候哪来的亲戚,莫不是偷孩子来的吧?他急忙凑上去,透着门缝往里看,只见刚才讹去他1000块钱的老板娘正在里面呢!

赵二慌了,忙对大妈说:"大妈,快,你快进去帮我看着,我们根本不认识那个女人,她会不会是来偷孩子的?"

大妈一听也慌了,赶紧进了产房。

这时,有位医生过来了,见赵二扒着产房门不走,一边赶他一边说:"你个大老爷们,看生孩子干什么?"

赵二只得回病房里等着。不一会,那位热心的大妈来了,对赵二说:"你怎么说那个女人你们不认识? 你老婆看见她顿时就来了劲,一下就把孩子生下来了。是个大胖小子,恭喜你了!"

赵二一听,跳起来就往产房跑。刚才赶他走的那位医生见他又来了,虎着脸说:"你是产妇的什么人,怎么老往这边跑?"

赵二说:"我是她爱人! 凭什么不让我看?"

那位医生"哦"了一声,说:"你怎么不早说呢? 生完了,是个小子,快去看看吧!"

赵二跑了进去,见讹自己钱的那个小吃店老板娘正用毛毯包孩子,玉梅脸色苍白地躺在产床上。老板娘看见赵二,急忙说:"快给她套上外套,抱回病房去!"

赵二也来不及问怎么回事,赶紧过去给玉梅套上衣服,玉梅趁势附着赵二的耳根说:"这是咱妈,她同意咱俩的事了!"

"什么?"赵二瞪大了眼睛。

玉梅说:"咱妈见过我寄的咱们的合影照,她在小吃店里认出了你,就赶紧过来了……嘿嘿,我一看见妈来了,浑身就来了劲,一下就把孩子生了下来!"

赵二没想事情竟然解决得这么简单,乐得眉开眼笑,他兴冲冲地把玉梅抱回病房,赶紧端来红糖水让她喝,又剥了个鸡蛋让她吃。

玉梅母亲在一边看着,说:"我女儿没看错,真是个会心疼人的小伙子!"

玉梅笑着对赵二说:"我妈说她是故意试探你的,看你疼不疼我,所以才要了500块钱一碗的红糖水、50块钱一个的鸡蛋!"

呵呵! 看着玉梅吃着鸡蛋喝着红糖水,又看着丈母娘怀里抱着的亲爱的儿子,赵二笑得嘴都合不拢。

(孙剑文)

(题图:杨宏富)

　　郭强是一家服装公司的老板，家里有个温柔贤淑的妻子阿秀。

　　新年刚过，郭强就接到情人晓岚从省城打来的电话，说她打算在芝麻开门酒吧搞一个生日派对舞会，无论如何要郭强在晚上七点前赶到省城，她的几位闺中密友一定要见见这位一直不露面的"白马情人"。

　　郭强接了电话后，转过身镇定地对阿秀说："省城又来电话了，我得去把那笔服装生意办下来，再拖下去公司可亏大了！"

　　阿秀看看窗外的风雪，担心地说："要么，我陪你去一趟？"郭强敷衍着说："不必了，外面天气不好，最多一两天，事情办好后我马上回来。"

阿秀没再坚持,转身从抽屉里取出一个玉坠挂链,系在郭强的脖子上,说:"前两天我请工匠做了个仿真的玉兔坠子,不值什么钱,不过带在身上可以保平安。本来想等你过生日的时候送给你,今天路滑不好走,你就戴上吧。"

郭强把玉坠往脖子上草草一挂,出了门。

省城离这儿有100多公里路程,郭强出了门,在路边招招手,一辆银灰色出租车驶过来了,等上车说了目的地,郭强才发现司机原来是位"的姐"。这天暗路远的,路况又差,郭强还真有些担心这个女司机的技术。

那的姐仿佛看出了郭强的犹豫,发了话:"先生,我是下岗工人,谋了这份差使,除了苦瓜不爱吃,啥苦都能吃,我一定仔细着开。"

郭强觉得这的姐挺逗,点头一笑,说:"七点前到就行了!"

车子往省城驶去,郭强闲来无事,就把阿秀刚才给他的坠子拿下来想仔细看看。他刚把坠子拿在手中,就被的姐瞥见了,的姐似乎很感兴趣,问道:"先生,这玉兔真好看,在哪买的?"

郭强说:"是仿真的,很容易买到的。"

"省城有卖的吗?"

"应该有吧,"郭强看她老是转头看这个玉坠,怕影响了开车,于是换了个话题,"你开到省城以后,是空车回来还是在那里等生意?"

的姐爽朗地说:"把您送去我马上就回头,今天是我老公的生日,他还等着我回家吃生日蛋糕呢。不过看了您这个坠子,我也想去买一个送给老公做生日礼物,只是不知道省城什么地方有卖的。"

郭强想了一下,说:"你到省城天都黑了,还要返回,哪有时间再去买东西?你要是真喜欢,就把这个拿去吧,我明天在省城再买一个一样的不就成了。"

的姐连连摇着头推辞："这怎么成，这玉兔坠一定是您心上人送的，或者，是您为心上人准备的，我怎么能要？"

郭强听到"心上人"这个词心里有点不舒服，点点头不再说话。

七点钟差一刻的时候，车子开到了省城的芝麻开门酒吧门前，郭强把300元钱折起来放在驾驶座前面的置物台上，说声"不用找了"，就推门下了车……

两天后，雪还在不紧不慢地下着，郭强从省城赶回来，下了车，他手里握着一束鲜花，裹紧外套匆匆往家里走去。郭强每次和晓岚幽会回来都要给阿秀带一束鲜花，看到阿秀高兴的样子，他心里就觉得自己好像弥补了些什么。

刚走到小区门口，一辆出租车突然出现在他身旁，只听到有人说："先生，终于等到您了。"郭强回头一看，认出说话的司机正是那天送自己去省城的的姐。

"先生，我等着您，是想把东西还给您。"

郭强看到的姐手上拿的玉兔坠，明白了。那天他看到的姐这么喜欢玉兔坠，却又不好意思接受自己的馈赠，想想反正不值什么钱，而且到处买得到，就把坠子夹在钞票里面放在了出租车上。他没想到，的姐会一直在这里等着还给他。

"送给别人的东西，我从来不要回的，再说这东西又没什么稀罕，你看这里，"郭强用手从脖子上又拽出一个玉兔坠说，"我又买了一个，这东西到处都有的。"

"先生，看来您还不知道，不过我也是回去以后才发现的，您的这个玉兔坠里包着一个精致的小弥勒佛，这样的坠子可不多见，我哪能据为己有？"

郭强听了这话，愣住了，他打开车门，侧身钻进了出租车。

郭强接过那个玉兔坠，可看来看去也没看到什么弥勒佛。的姐见他不解的样子，接着说："那天我回到家，把玉兔坠拿出来给老公看,还把您送我礼物的事情也告诉了他,他可高兴了,把玉兔坠拿到灯下翻来覆去地看,结果看出了里面的弥勒佛。送你这件礼物的人心眼儿真是细巧啊。"的姐说着,拿出一只打火机打着了,让郭强从一个固定的角度凑近玉兔坠仔细看。

果然,郭强发现玉兔坠里面真的藏着一个小小的弥勒佛,正笑眯眯地看着自己。郭强猛然感觉自己真像是被人当头打了一棒,整个人都蒙掉了,他原来一直觉得阿秀很相信自己,每次和晓岚幽会以后也总是不安和内疚,可没想到阿秀竟是这么一个有心计的女人。的姐不懂行,以为那小弥勒佛是精致的手工品,可他却一眼就辨出来了,那是只精巧的窃听器。过去在商场情报战中他就见识和领教过这般模样的玩意儿,没想到阿秀竟然用这样的手段来对付自己。

郭强谢过的姐,紧紧攥住那只玉兔坠下了车。他往家走去,越想越压不住怒火,只觉得血往头顶冲,他简直控制不住自己的手,终于一使劲,把坠子狠狠地丢在了路旁。郭强听到了玉兔坠破碎的声音,奇怪的是,他还隐约听到了音乐声。

正在这时,的姐拿着郭强忘在她车里的鲜花从后面赶了上来,看到眼前的情形,吃惊地说:"先生,这么好的东西,您为什么要摔碎呢,这小弥勒佛是音乐魔具,强烈的碰撞或者摇晃会让它发出声音,好多司机都带着这东西保平安,不过像这样裹着玉的倒不多见。"

郭强一听傻眼了,半信半疑地从地上捡起小弥勒佛,发现刚才隐约听到的音乐声,正是从这里发出的。一时间他心乱如麻,接过的姐手中的鲜花,急急向家里赶去……

（傅　人）

（题图:安玉民）

最后一枝红玫瑰

二月十四日是情人节，这天王洁特地起了个大早，赶到鲜花市场批了百余枝红玫瑰，把几个塑料桶插得满满的。她明白，每年的这一天，红玫瑰都会卖个好价钱。

王洁是一个苦命人，嫁给丈夫十多年了，可没过上几天舒服日子。更要命的是，丈夫因一场意外的车祸至今还瘫痪在床，要不是女儿小铃子，她肯定支撑不下去了。

幸好，今天的红玫瑰卖得快，还不到下班时间，红玫瑰就卖得所剩无几。这时候女儿小铃子也放了学，跑过来准备接妈妈回家。小铃子眼睛尖，见妈妈面前的塑料桶里还有少许红玫瑰，就伸手从中挑出最鲜艳的一枝，紧紧地握在手里。

王洁把剩下的玫瑰集中放在一只塑料桶里，摆在最显眼的位置。不一会儿,又过来几对情侣,挑去好几枝。看着街市上来来往往、胳膊挽着胳膊的一对对有情人,再想想自己,王洁不禁悲从中来,感慨不已。这时,她忽然涌起一个念头,从剩下来的几枝红玫瑰里挑出一枝花红叶绿的玫瑰,趁女儿不留意,悄悄放进车肚下面的兜里……

很快,王洁的红玫瑰全部卖完,就连有几枝落了花瓣的也卖了出去。她正要收摊时,一位捧了一束红玫瑰的年轻人一个大跨步迈到王洁的花摊前,竖起一个指头问道:“大姐,能卖给我一枝红玫瑰吗?”

王洁歉意地一笑,说:“对不起,我的玫瑰刚刚卖完呢。”

年轻人一脸焦虑地央求说:“大姐,你能想想办法吗,帮我弄一枝,我就要一枝。”

王洁看着他手里捧着的一束红玫瑰,奇怪地问:“你不是已经有了吗,为什么还要再买一枝?”

年轻人解释说:“大姐,今天正好是我女朋友二十一岁生日,我已经跑了好几家花店,好不容易买到二十枝,就差一枝了!”

看着王洁面前的塑料桶里就剩下一些玫瑰花的残枝败叶了,年轻人的脸上顿时显出失望和懊恼的神情,他掉转头正要走开,忽然发现站在一旁的小铃子手里正拿着一枝娇嫩艳丽的红玫瑰,不觉眼睛一亮,赶紧问:“小朋友,这枝玫瑰卖吗?”

小铃子嘴巴一噘,“不卖,我要送人的!”她的小脸上透着一种神秘。

“卖的卖的,4 元一枝。”王洁这时才想起小铃子手里还有一枝红玫瑰,忙对年轻人赔着笑脸。可小铃子不肯,一反手将红玫瑰藏在了背后。

年轻人于是说:“这样吧,这枝红玫瑰我愿付 16 元!”

“不卖!就是不卖!给再多的钱也不卖!”小铃子大声嚷着。

“瞎闹!”王洁把脸沉下来了,敲了一下小铃子的额头,硬是从她手里把红玫瑰抽出来,递给了年轻人。

小铃子哭了,泪光闪闪地望着妈妈,生气地问道:"妈妈,你的车兜里不是还有一枝红玫瑰吗,为什么不卖掉?"

王洁摸了摸女儿的头,说:"小铃子啊,你还太小,不懂妈妈的心事。"说这话的时候,她的眼圈红了。

"妈妈,刚才那枝红玫瑰,我就是想留着给你的!"小铃子双手蒙着脸,"嘤嘤"地哭着跑开了……

王洁收拾干净塑料桶,把它们搬上三轮车,正准备蹬回家时,突然有人叫住了她:"请问,你是王洁女士吗?"

王洁看着眼前这位打扮入时的女孩,手里还握着一大束鲜艳的红玫瑰,不认识,就有些不知所措。女孩微笑着说:"我是送花公司的,这是一位先生给您电话预订的红玫瑰,请收下!"

给自己送玫瑰?是不是送花公司的小姐搞错对象了?这束红玫瑰一定是要送给一个与自己同名同姓的女孩……王洁数了数,那一束红玫瑰共有13枝。唉,自己与丈夫从相识到今天也正好13年了啊!想着家里的丈夫早该饿了,她来不及往深处想,飞快地蹬起车子就往家赶。

到了楼下,王洁把那束红玫瑰插在一只塑料桶里,连同三轮车一起放进楼下的储藏室,然后从车兜里取出她早已挑好的那一枝红玫瑰,和女儿一起上了楼。

可是,当王洁打开防盗门踏进客厅时,只闻到一股刺鼻的血腥味。王洁心跳加快,疾步向卧室走去,眼前的一幕让她傻了眼,手里的红玫瑰也无声地滑落下来:床上全是鲜血,丈夫已割腕自杀,床边飘落着一张送花公司开出的收款收据……

(陈笑海)

(**题图**:安玉民)

一粒黄豆

　　这天,乡民政办公室主任老黄刚上班,助理员就汇报说,李秋生两口子又在闹离婚,请他赶快去劝解。老黄心里一哆嗦,喊了一辆车就往李楼村赶。

　　李秋生是谁?老黄为什么这么紧张?李秋生是一位战斗英雄,二十多年前的那场自卫反击战中,年仅十九岁的李秋生为了掩护战友光荣负伤,造成高位截瘫,成了一辈子只能坐轮椅的特等伤残军人。从那时起,云南姑娘王素琴就挑起了照顾他生活的重担,这一挑就是二十年,从云南边陲挑到了祖国腹地。这些年,政府把王素琴树成了响当当的好军嫂典型,县里、市里乃至省里都有她的先进事迹材料。

　　然而,这对光荣夫妻也像其他夫妻一样,过不长时间就会闹上一场别扭,有几次还闹得特别凶,要不是老黄调解及时,别说好军嫂,恐怕早已连军嫂都不是了。

说话间,李秋生家就到了。看见老黄从车中钻出来,站在门口的一个小女孩朝里面喊:"爸,妈,我黄伯伯来了。"

老黄知道小女孩名叫李晶,还知道再过四十天,小李晶就满十五岁了。十三年前,老黄调解了李秋生两口子第一次离婚纠纷后,越想越觉得委屈了王素琴,于是他四下联络,终于为他们找到了父母双亡的小李晶。从这个意义上说,李晶是老黄送给王素琴的最好礼物,接受了这个礼物后,李秋生两口子好几年没有吵过一次嘴。

轮椅停在院当中,李秋生蔫巴巴的坐在上面,王素琴蹲在压水井旁,边哭边洗衣服。

"怎么了这是?有什么大不了的难事儿,跟你老黄哥说说,天塌下来咱们大家顶着,可别一个人闷在心里。"老黄一进门就热情地说着,还走到王素琴身边,准备帮她晾晒刚洗过的衣服。

王素琴挡开他的手,哭得更响了:"黄哥,我们感激你,但这日子,实在是没法再熬下去了。"

李秋生也艰难地往前挪了挪轮椅,凑到老黄跟前,说:"老黄哥,你就答应了她吧,这些年我已经很对不起她了。"

答应?答应了离婚,王素琴这个典型就倒了。倒了典型,那今年争创双拥模范就要泡汤,这个责任谁负得起?当然,这些话老黄没有说出口,他憨笑了一阵,说:"好商量,好商量。"

"我们也知道你的难处,不想太逼你。"王素琴说,"要不,咱们还是用老办法吧,单双数,单数离,双数继续过。"

老黄的心突然"扑通、扑通"跳得快了,不自觉的,他把手插进了衣兜里,瞬间,手心就汗湿了。前几次离婚,虽然可以说是经老黄调解而没有离成,但其实最终起决定作用的,还都是所谓的单双数。就是王素琴随便抓起一把黄豆,如果总粒数是单数,就离婚;反之,则继续过。多亏老天帮忙,前几次王素琴抓的恰巧都是双数,但谁能保证这次不会是单数呢?

这时,王素琴已经从粮囤里抓来了一把黄豆,散放在桌子上,抬头看老黄的意思。老黄又摸了摸兜里,最后说:"行,不过这次要让我来数。"

"那不行。老规矩,你看着,我数。"王素琴不让。

"不,这次非我数不可。"老黄也够坚决的。

正争执不下,李晶突然抢了过来:"妈,黄伯伯,你们别争了,今天我来数。"话音落地,她已经数了起来:"1,2,3,4……"

老黄、王素琴、李秋生三个人六只眼一眨不眨,全都盯在黄豆上。"53,54,55,56。"双数。

老黄提到喉咙眼的心落了回来。他已经准备好了下一环节的所有程序,那就是像前几次一样,先好言劝慰,然后再解决一些实际问题,留下一点救济金等等,这样一套程序走下来,王素琴虽然还是哭哭啼啼,但最终还是不再提"离婚"二字了。

谁也没有注意到,一粒黄豆,从李晶食指与中指之间落下,滚到桌子上。"咦,"李晶好像发现了新大陆,"还有一粒,57,是单数。"

李秋生傻了。王素琴不哭了,手却抖了起来。

"妈,我懂你的苦,你还是离了吧。"李晶突然说,"我也长大了,以后爸有我照顾,你就放心吧。"说着说着,两行清泪从她的脸庞滑落下来。

院子里哑了足有一分钟,然后,火山爆发似的,王素琴突然哭了出来:"孩子,我的好孩子,你真的长大了。"王素琴抬手擦眼泪时,老黄吃惊地又看到了一粒黄豆,这粒黄豆从王素琴食指与中指之间滑落,砸进一堆黄豆中:"我不能离开你爸呀,孩子,你再数一遍吧,别错了。"

老黄突然明白了,难怪以前每次都是双数,原来王素琴根本就不是真的要离婚。同时他也明白了她为什么要这么做，政府对他们关心不够呀！回想这几年，除了开表彰会、下通知外，老黄每次到这个家都是为调解纠纷而来，虽然李秋生的房子是政府出钱给盖的，但从房内的摆设和一家三口的穿着看，他们家与邻居的生活水平至少有将近十年的差距，何况王素琴面前还切切实实摆着一个生理问题哩。几方面原因加起来，恐怕放在哪个女人身上，她都会像王素琴一样。

老黄的眼睛突然湿润了，他从衣兜里掏出仅有的二百四十块钱，放在黄豆粒上，说："来得急，只带了这一点现金，不过来时县民政局已经给你们家批了一千元救济款，我明天一定送来。"说完，他头也不回地出了李秋生家的门。

在返程车上，老黄从衣兜里摸出一粒黄豆，从几年前他第二次来李秋生家调解离婚开始，他兜里就一直装着一粒黄豆，原打算粒数为单时偷偷加进去的，但实际上一次也没有派上过用场。现在，老黄先抽了自己一个耳光，然后狠狠地将黄豆扔出了车窗外，"明天，我就是磕破头，也得给秋生弄一千块钱来！"

老黄心里不平静，李秋生两口子也不好受。老黄一走，李秋生就对王素琴说："孩子大了，以后，咱也别再给政府增加负担了。"

此时的王素琴早已成了泪人，她说："秋生，晶儿的学费这就要交了，如果有一点办法可以筹到这笔钱，咱也不会麻烦政府呀。"

"爸，妈，"李晶突然跪在了他们面前，说，"我想好了，学，我不上了，我要出去打工挣钱，养活你们俩！"

一家三口抱作一团……

（刘　璟）

（题图：安玉民）

半只烤鸭

　　每年八月，吴梅的老同学都要举行一次聚会。今年的聚会地点定在城郊的避暑山庄，照老规矩，一切费用由那几个当了总经理和局级干部的男生承担，女生不准带老公，男生不准带小秘，但是可以带孩子。

　　聚会这天一大早，吴梅就起床了，把衣柜里稍好一点的衣服试了个遍，最后选中了一条淡绿色低领的连衣裙。她对着镜子左看右看，裙子很合身，美中不足的就是脖子空空的，要是再加上一条白金项链就好了。

　　吴梅翻出首饰盒，盒子里只有一条颜色黯淡的黄金细项链和一枚廉价的18K金戒指。她想起去年聚会的时候，其他女同学差不多都穿金戴银的，连一克拉的大钻戒都有好几个，不由叹了一口气:唉,谁叫自己命不好,嫁了个不会挣钱的老公呢。

6岁的女儿菲菲在一旁看着吴梅,问:"妈妈,你要去聚会了吗?"

吴梅点点头,想起六一儿童节的时候,丈夫刘刚给菲菲买过一条漂亮的白纱公主裙,于是就对菲菲说:"快去穿你的新裙子,你听话妈妈就带你去。"

母女俩穿戴整齐,正要出门,菲菲突然拿出一个长方形的小盒子,神秘地对吴梅说:"妈妈,你猜猜这里面是什么?"

"是什么?"

菲菲一本正经地说:"是爸爸为你参加聚会准备的惊喜。"

吴梅打开盒子一看,愣住了:一条闪闪发光的白金项链呈现在她的眼前。

菲菲说:"妈妈,我帮你戴上,这是爸爸昨晚去上夜班时交给我的任务。"

吴梅的丈夫刘刚只是一个普通的技术工人,每月那点有限的工资,除去早餐和加夜班的晚餐费,都一分不剩地交给了吴梅,哪里来的钱买项链呢? 就连脚上穿的皮鞋,他几个月前就说想换双新的了,可拖到现在也没见买回来,唉,还不是手里钱票子少呗!

不过,看看时间不早了,吴梅也来不及多想,戴上项链,就急忙带着菲菲出门,拦车朝避暑山庄而去。

因为脖子上挂着的白金项链,吴梅在聚会上一改往年的沉默,头也抬高了,话也变多了,显得格外自信和活跃。

待到大家都吃饱喝足,有人提议驱车回市区唱卡拉OK,打保龄球。

吴梅随着大家走出山庄,一扭头,突然发现菲菲不见了,她连忙招呼同学们分头回去找。没走多远,就在大餐厅里看见穿着公主裙的菲菲正拿着一个大方便袋,钻在桌子底下捡空的易拉罐和塑料瓶。

真丢人！吴梅仿佛看见同学们诧异的目光，她强忍住怒气，一把夺过菲菲手中的方便袋，扔在地上，拉住菲菲的手就往外走。

这时，菲菲大声哭叫起来："妈妈，我说了好一会儿，阿姨才答应给我的，让我带上吧。"

菲菲的哭喊引来了吴梅的同学们，他们上来拉着吴梅劝道，孩子喜欢就带着吧，大家还七手八脚帮菲菲装了整整一大袋易拉罐和塑料瓶。

吴梅尴尬地看着菲菲和同学们，觉得很没有面子。

大家正要走，菲菲又站住了，她胆怯地看着吴梅，指指桌上吃剩的半只烤鸭，小声问："妈妈，我可以把这个给爸爸带回去吗？"

吴梅简直无地自容了，她冲着菲菲发作道："你怎么像个小要饭的？我平时都是怎么教育你的？"

菲菲委屈地哭了起来，在一旁的同学们一边劝解吴梅一边劝说菲菲，可是菲菲说什么也不肯走。

吴梅怕扫了大家的兴，只好蹲下身，搂着菲菲，好言好语地说："好宝贝，这些东西不卫生，我们不要，回家让爸爸再买，好吗？"

菲菲含着眼泪，望着吴梅，抽噎着说："爸爸根本舍不得买烤鸭，他在厂里加夜班的时候只吃两个馒头，他们厂里的叔叔丢的易拉罐和废纸盒，都被他带到废品店去卖了，攒了一年的钱，才给你买了项链……"

大餐厅里安静极了，只有菲菲的声音字字千钧："这是我和爸爸的秘密，爸爸说，明年你参加聚会的时候，他要买一个白金戒指，再给你一个惊喜……"

眼泪顺着吴梅的脸颊滑下来，滴落在胸前白金项链心形的坠子上。

几个女同学走过来,搂住吴梅的肩膀说:"吴梅,你好幸福,我们好羡慕你。"

一位男同学大步走向收款台,对服务小姐说:"我们等会再走,请帮我们再做一只烤鸭。"

(周玉洁)

(**题图**:安玉民)

我的婚事我做主

　　老骟匠今年六十多岁，为人正直心眼好，做活的手艺更是没得说，猪哇，羊哇，骟过之后才长得壮、长得好，所以老骟匠走到哪家都是块"香饽饽"。

　　可老骟匠也是个苦命人，他二十年前死了妻子，一个人把孩子拉扯大，等给孩子成家娶了媳妇，他的头发也白了一半啦。想想看，辛苦了大半辈子还是一个人。唉，一个人就一个人吧，就不想那桩子事了。

　　这天一大早，老骟匠又去赶场逛猪市。

　　正转悠着，就碰到住在自家房后半坡上的哑巴娃，小家伙鼻涕一把眼泪一把，给他比比划划说，他妈买猪崽的钱，叫小偷掏跑了，他妈去派出所告状，这半天还没见回来，哑巴娃就急哭了。

老骗匠是个善心人，他把哑巴娃儿拉到面皮店里吃面皮，自己转身去了派出所。

一进门，就见哑巴娃的娘何秀芝正坐在长凳子上抹眼泪，她一见老骗匠，竟"哇"地一声哭开了，边哭边说："买猪的两百元钱，是今年上面发的扶贫款啊。钱钱钱，命相连。偷这号钱的人，八辈子不得好死，下辈子还是三只手！"

老骗匠见状，一把拉过秀芝说："算啦算啦，莫怄气了，趁天色还早，走，到猪市上我给你挑个好猪崽。没钱我给你垫上！"

老骗匠拉着秀芝走到大街上，他想把手抽回去，哪想这女人把他的手捏得紧紧的，几次想抽都抽不回。

秀芝捏紧了他的手说："拉着你的手，我就像多了根主心骨，眼睛亮了，胆子大了，钱你都舍得借，一只手舍不得叫我拉？"

老骗匠的脸红了，也就由秀芝这样拉着。

不一会儿，两人就来到猪市上。老骗匠挑猪，那是行家，很快他就挑了两只好猪崽，又带秀芝到面皮店叫上哑巴娃儿，一路回了家。

第二天吃罢早饭，老骗匠就来到秀芝家骟猪。一进院门，只见屋里屋外早已打扫得干干净净，炉子里火烧得旺旺的，炉子上水烧得"嗞嗞"响。秀芝见骗匠来了，赶忙从柜中取出早已备下的好烟好茶，点烟，沏茶，忙得不亦乐乎。

抽了一锅烟，喝了一杯茶，老骗匠就起身开始做活儿。骟完猪崽，秀芝又把老骗匠让进屋里喝茶。

老骗匠喝着茶，望着院里做破竹子活的哑巴娃儿出了神：小家伙嘴巴不会说话，可手却巧得很，那竹子一丝一丝，破得通匀细致。

老骗匠禁不住赞道："真看不出，这娃儿手这么巧，破的竹篾又通匀又细致，他编啥哩？"

"编笆篓，"秀芝说，"不过他现在只会做这个，没人教呀，有人教,他啥都会。"

"叫他跟我学做骗匠,你同意不?"

"啥? 跟你学做骗匠?"秀芝愣了一下,激动地说,"这些年,你帮我家骗猪骗羊,从来没收过一文钱,昨天又替我买猪崽,这又叫娃儿跟你学手艺,我咋感谢你啊!"

老骗匠朝她摆摆手:"你这说的是啥话? 你们困难,总得有个人帮啊!"

听到这话,秀芝顿了顿,羞涩地说:"昨天买猪崽回来,不瞒你说,我一整夜翻来覆去睡不着。"

"睡不着?"

秀芝只是红着脸笑,用双手捂住自己的眼睛,好久好久不吭声。

老骗匠嘴里"吧嗒"着旱烟,烟雾一圈一圈在屋里飘。

秀芝从指缝里看老骗匠,她知道老骗匠是个靠得住的男人,这几年要不是他帮忙,自己的日子真不知咋过。当年,老骗匠为了孩子没有再娶,而今,孩子已娶了媳妇,他自己也该享享福啦。秀芝知道老骗匠不会嫌弃她,在这事上她得主动。

想到这儿,秀芝的脸更红了,声音低得像蚊子哼哼:"我、我想嫁给你,做你的老婆。"

老骗匠一听,如同触电一般,浑身燥热,心跳加快。他知道秀芝是个好女人,论人品,论长相,哪样都不差,但自己毕竟大她二十多岁呀。

老骗匠稳了稳神,说:"你要想想好,我大你二十多岁呢!"

秀芝说:"大又咋了,你难道连个老婆都不敢娶?"

老骗匠没有看她,低着头"吧嗒吧嗒"猛抽一阵烟,说:"要不,我替你打听个合适的?"

秀芝说:"不,谁我也看不上,我看上的只有你。我不是头脑发热,我想好了。"

老骗匠想了一阵,嘴里又开始"吧嗒"起旱烟来,不过脸上露出了笑容。

秀芝接着说:"我又不是要你来帮我种地、干力气活。我是想有你这么个主心骨,替我操操心,遇事出出主意。我不是那种没主见的女人,一不好吃,二不懒做,你只要站在背后,给我壮壮胆就行。"说过这些话,秀芝坐过去一些,把老骗匠的衣裳揪得紧紧的。

老骗匠说:"让我好好想想。"

秀芝说:"你不用想,我早替你想好了。你怕你儿子、媳妇不同意是不?我不怕,婚姻法上没有这种规定,他们要干涉,我就上法庭告他们。"

"别别别!"老骗匠见这女人对自己铁心了,自己不能再打退堂鼓了。他看着秀芝,轻轻拍着她的手,笑着点头了。

自打那天起,老骗匠精神焕发,经常一个人偷着笑,唱山歌,哼二黄,谁知道他心里有多么快活?

这天,儿子回来了,老骗匠把儿子叫到房里,打算把这事告诉他。

话还没说几句,儿子就听出来老爸的意图,马上不高兴地说:"爸,你这是何苦呢?放着现成的福不享,去自讨苦吃。她家穷成那样,屁股后面又坠个哑巴娃,惹这种麻烦事,你不怕外人笑话?"

儿子像机关枪似的"嘟嘟嘟"说了一通,老骗匠被噎得满脸通红,气得直喘粗气,连儿媳妇叫他吃饭都没理睬,气咻咻地出了大门。

老骗匠怄气出了门,但一想到秀芝,一股暖流就涌上心头,鼓动着他下定决心非办成这婚事不可。他喃喃自语着:"我能败在你娃娃的阵下?老子这场婚事还包含着扶贫济困的意义,你娃娃懂吗?"这么想着,他绕了一大圈,到天黑时,又来到秀芝家里。

　　秀芝早已烧好了水、备好了茶,这会正坐在火炉边上,把手里的茶杯擦了又擦,只等给老骗匠泡杯好茶。

　　一见老骗匠,秀芝说:"我猜你一定要来。"说着把热茶端给老骗匠,"看你不高兴,是娃们不同意吗?"

　　老骗匠看着她红润丰满的脸,慢悠悠地说:"他们管不了我的事。"说话间,从身上摸出两张百元票子递给秀芝,说:"明日你上街买几十斤米,割十几斤肉,后天我妹夫要带一帮人来给你翻修房子。你啥话莫说,做你该做的事情就得了,中午只管一顿饭。"

　　"你不来?"

　　"我不来,啥事都由我妹夫负责。我走得远远的,给他娃娃摆一场迷魂阵。"说毕,起身走了。

　　第二天,秀芝带上哑巴娃儿,上街买了米、割了肉,回来泡了一盆豆,半夜起来又做了一锅豆腐。

　　天一亮,老骗匠的妹夫果然带着一帮人来翻修房子。到了下午,太阳还没靠山,三大间草房已经完工。

　　临走时,老骗匠的妹夫对秀芝说:"嫂子,明天中午你做四个人的饭菜就行了,我们还要把房子里面的墙壁统统刷一遍,要不屋里灰突突的,不像个新房。"说罢,手一挥,带着一帮子人走了。

　　终于,新房子也盖起来了,墙壁也刷白了,里里外外都透着股喜庆劲儿。秀芝高兴得合不拢嘴,她知道这都是老骗匠给她家带来的光彩。可是一连好几天,老骗匠都没过来。

　　这天,坡底下一阵汽车响,原来是老骗匠儿子要出门跑买卖了。秀芝想,他这一走,骗匠该就来了吧。果然,天刚麻黑时,老骗匠就上了秀芝的院坝。

　　老骗匠进门就说:"我给那小子摆了几天迷魂阵,没上你这儿来,现在他走了,我们得抓紧把这事办了。明天你把娃儿带上,我们上街去买衣裳、理发、洗澡,然后到乡政府去领结婚证。生米做成熟饭,看他娃儿能把老子咋样。"

"我们在哪等你?"

"老地方,面皮店。吃饱肚子,办事有精神。"

第二天一早,三人就在面皮店里碰了头。老骗匠先领着秀芝娘俩吃了碗酸酸辣辣的面皮,然后就领着她们一起进了服装店。秀芝一看,喜坏了。这些年,她们娘儿俩身上穿的都是公家救济的,自然没有这里的衣服光鲜好看。

老骗匠拉着秀芝问:"看上哪件?"

秀芝说:"要素净一点的吧。"

"哎,结婚要图个喜庆,总得买件红的。"老骗匠给秀芝挑了两件素雅的,又挑了一件大红的,秀芝满意极了。接着,老骗匠又拉着哑巴娃儿在童装柜台买了两身童装。出了服装市场,三人又去买了脸盆、水壶、灶具,装了满满两背篓。

东西都置办齐了,老骗匠又把她们娘俩带到后街洗了澡,理好发,换了身新衣裳。人变了,年轻了,心里甭提有多高兴,老骗匠领着秀芝拉着哑巴娃儿一路走进乡政府,顺顺利利地领了结婚证书。

下午他们回来,走到自家院坝一看,不禁又惊又奇:只见院门大开,里面传出了一阵阵的音乐声。

原来这是老骗匠做生意的儿子回来了。几天前,儿子不同意他爸这场婚事,被他那在乡政府当干部的三姨美美实实地教训了一番。老骗匠的儿子是个响鼓不用重锤敲的人,一经点拨,头脑就清醒了。儿子知道他爸爱看电视,马上到商店抱了一台大彩电,抢在他们回来之前,送到家里,还给他们拉上电线,安好插座,想给他们进门之后一个惊喜。

老骗匠进门,看到响着音乐的新彩电和站在旁边一脸愧疚的儿子,心里顿时明白了大半,但他还是脸板得平平的。秀芝拉着哑巴娃站在一边,也不知说什么好。

就在这时,只见老骟匠的儿媳踏进门来,乐呵呵地说:"爸,何姨,先吃饭吧,都准备好了,就等你们回来开席呢!"

儿子也笑呵呵地接口说:"是啊,爸,何姨,咱们先一起吃顿团圆饭吧。婚事怎么办,咱们边吃边商量。"

老骟匠的脸上终于露出了笑容……

（王明智）

（**题图**：魏忠善）